나룻배 노을과 소록도 사람들

교과연계
국어 6학년 1학기 8단원 인물의 삶을 찾아서
국어 6학년 2학기 8단원 작품으로 경험하기
중등도덕 1학년 1단원 도덕적 주체로서의 나(천재)
중학국어 2학년 6단원 깊고 넓은 이해(비상)
중학국어 3학년 4단원 문학, 시대의 돋보기(천재교육)

청소년 권장 도서 시리즈 10

나룻배 노을과 소록도 사람들

2023년 9월 20일 초판 1쇄
2024년 7월 18일 초판 2쇄

글 한상식   그림 이동진
펴낸이 김숙분   디자인 김은혜·김바라   홍보·마케팅 최태수
펴낸 곳 (주)도서출판 가문비   출판등록 제 300-2005-60호
주소 (06732) 서울 서초구 서운로 19, 1711호(서초동, 서초월드오피스텔)
전화 02)587-4244~5   팩스 02)587-4246   이메일 gamoonbee21@naver.com
홈페이지 www.gamoonbee.com   블로그 blog.naver.com/gamoonbee21/
제조국 대한민국   사용 연령 10세 이상
주의 사항 종이에 베이거나 긁히지 않게 조심하세요.

ISBN 978-89-6902-610-1 43810

ⓒ 2023 한상식

나룻배 노을과 소록도 사람들

한상식 글 이동진 그림

가문비
틴틴북스

작가의 말

오래전이었습니다.

나로도로 가는 길에, 길을 잘못 들어

소록도로 간 일이 있었습니다.

처음에는 그곳이 소록도인 줄 몰랐습니다.

무심코 소록대교를 건너 찻길을 따라

섬을 한 바퀴 돌아보니 곳곳에

빈집들이 있었고 큰 공원도 있었습니다.

그렇게 섬 구석구석을 돌아보고 나오다가

갈림길에서 할아버지 한 분을 만나 길을 물었습니다.

비질하고 있던 할아버지가 가리키는 곳을 보다가

문득 손이 뭉크러진 것을 보았습니다.

얼굴도 마찬가지였습니다.

긴 세월 동안 홀로 슬픔을 견뎠을,

할아버지의 모습에 많은 아픔이 느껴졌습니다.

아픔을 담담히 받아들이며 올곧게 살아왔을

할아버지의 강인한 모습에 마음이 숙연해지기도 했습니다.

아픔 속에는 아픔만 있는 것이 아니라는 걸 믿습니다.

아픔이 있어야 길가에 핀 민들레도 사랑임을 알 것이기에,

나 스스로 강물이 되고, 희망이 되고 꿈이 될 수 있기에,

이 책을 읽는 여러분이 무엇무엇이 되어

이 모든 것이 되리라 믿으며

여러분들 마음속에도 그런 마음이 있길 바라며.

한상식 올림

차 례

1. 내 이름은 노을

"탁탁탁! 탁탁탁!"

오늘도 할아버지는 열심히 나룻배를 만듭니다. 힘찬 망치질 소리에 팔뚝엔 꿈틀거리는 근육과 파란 실핏줄이 돋고, 이마에도 금세 땀이 송골송골 맺힙니다. 들썩이는 어깨에, 수평선이 잠시 가려졌다가 다시 드러납니다. 헝클어진 흰 머리카락도 바닷바람에 갈대꽃처럼 흔들립니다.

할아버지는 몇 해 전부터 여윳돈이 생기면 나룻배를 만들 좋은 목재들을 사 모았습니다. 또 목재를 사기 위해 먼 곳까지 가는 힘듦도 마다하지 않았습니다.

할아버지가 톱으로 목재를 잘라 대패로 밀자, 나뭇결이 조금씩 선명해집니다. 나뭇결은 잔물결 같아, 금방이라도 찰랑찰랑 흐를 듯합니다. 물큰한 나무 냄새도 가만가만 배어 나옵니다. 냄새를 맡은 할아버지의 코가 발름거리다 훅, 콧김을 내뿜습니다. 콧바람에 대팻밥이 흩어집니다.

"현이 아버지 무얼 그리 만드세요?"

그물을 어깨에 멘 채 바다로 나가던 어부가 할아버지에게 묻습니다.

"나룻배를 만들려고 하네."

"나룻배요? 그래서 그동안 그렇게 목재를 모으셨군요."

"그런 셈이지……."

어부는 한동안 할아버지가 나룻배를 만드는 것을 구경하다 바다로 향했습니다. 어부의 마침맞은 발걸음에, 그물도 따라 출렁거렸습니다. 할아버지는 멀어지는 어부의 뒷모습을 보다 그가 말한 '현이'라는 말을 되새겨 봅니다. 오랫동안 떠올리지 않았던 아들과 아내의 얼굴이 햇살에 반짝이는 바다에서 짙은 그리움으로 가물거립니다.

뒷짐 진 채 먼 바다를 바라보는 할아버지의 눈에 어느새 그날의 아픔이 스며듭니다.

"어머니, 어디 가세요?"

썰물이 되자, 바다에 나가려고 호미와 대소쿠리를 들고 나서는 어머니에게 현이가 다가갑니다.

"바다에 가려고……."

"지금은 가지 마시구려. 날씨도 흐리고 바람도 불기 시작하는
데."

현이 아빠가 걱정스러운 얼굴로 아내를 말립니다.

"금방 갔다 올게요. 저녁에 먹을 바지락만 조금 캐면 되니까
요."

"아버지, 저도 어머니 따라갈 테니 걱정하지 마세요."

현이도 어머니를 따라나섭니다. 언제 들었는지 손에 호미가 들
려 있습니다. 바다에 가니, 벌써 마을 사람들은 바닷물이 빠진 곳
에서 바지락을 캐고 있었습니다. 어머니와 현이도 옹기종기 모여
앉은 사람들 곁에서 서둘러 바지락을 캤습니다.

어머니가 바지락이 있을 만한 곳을 호미로 팍팍 긁으면, 잔돌
들이 호미 끝에 부딪히며 슬쩍 돌아눕곤 했습니다. 여기저기서
들리는 사그락사그락 소리가 경쾌합니다. 오늘따라 바지락도 많
이 나옵니다. 묵묵히 바지락을 캐던 현이가 작은 구멍을 발견합
니다.

"어머니, 이리 와 보세요. 여기 낙지 구멍이 있어요."

현이의 부름에 어머니가 재빨리 다가옵니다.

"그렇구나. 정말 낙지 구멍이구나."

어머니는 행여, 낙지가 더 깊이 숨을까 봐 재빨리 땅을 팝니다. 힘찬 호미질에 질척한 진흙 무더기가 뭉텅뭉텅 나오고 곧 낙지의 하얀 다리가 진흙 속에서 꿈틀거립니다. 현이는 이때를 놓치지 않고 팔을 뻗어 낚아채듯 낙지를 잡아 올립니다.

"와! 큰 낙지예요. 어머니."

"그래, 그렇구나. 아버지가 좋아하시겠다. 몇 마리 더 잡아가야겠구나."

어머니와 현이는 시간 가는 줄 모르고 바지락을 캐고 낙지를 잡았습니다. 그것은 마을 사람도 마찬가지였습니다. 바지락을 캐던 사람 몇 명이 좀 더 먼바다로 나가자 어머니와 현이도 뒤따라갔습니다. 현이는 어머니가 좋아하시는 소라와 해삼을 줍고, 어머니는 아버지가 좋아하시는 낙지를 잡았습니다. 그 사이 바닷물이 무릎까지 차올랐습니다.

갑자기 바람이 세차게 불기 시작했습니다. 어머니와 현이가 몸을 가누기 힘들어 갯바위에 기대어 있을 때였습니다. 갯고랑[1]을 빠져나온 바닷물이 순식간에 두 사람을 포위해 버렸습니다. 같이

---

1) 갯고랑: 바닷물이 드나드는 갯가에 조수로 인해 생긴 두둑한 땅 사이의 좁고 길게 들어간 곳.

있던 마을 사람들이 이내 바닷물에 빠져 허우적거렸습니다. 어머니와 현이는 재빨리 갯바위로 올라가 힘껏 소리쳤습니다.

"살려 주세요."

"살려 주세요."

먼저 갯벌에서 나간 사람들이 어머니와 현이, 물에 빠진 사람을 보고 발을 동동 굴렀습니다. 그러나 딱히 손쓸 방법이 없었습니다.

현이 아버지가 뒤늦게 이 소식을 듣고 달려와 바다로 뛰어들었습니다. 그러나 아내와 아들은 이미 성난 파도에 휩쓸려 사라진 후였습니다.

'나룻배만 있었어도……. 나룻배만 있었어도…….'

마을 사람들은 아쉬운 마음에 모두 나룻배를 찾았습니다. 그것은 현이 아버지도 같았습니다. 그 일이 있고 난 후, 현이 아버지는 언젠가 나룻배를 만들리라 굳게 다짐했습니다.

할아버지는 바다를 바라보던 눈길을 거두고 다시 나룻배를 만들기 시작했습니다. 아까보다 더 힘찬 망치질 소리가 울려 퍼졌습니다. 며칠이 지나자, 바닥이 만들어지고 얼마 뒤엔 드디어 나룻배가 완성되었습니다. 할아버지가 만든 나룻배는 나뭇잎처럼 작았지만, 튼튼해서 서너 명이 타도 거뜬할 것 같았습니다.

"할아버지. 이제 나룻배가 다 만들어졌군요. 그런데 왜 돛대가 없어요?"

바다에서 돌아오던 어부가 나룻배를 보더니 잠시 머뭇거립니다.

"돛대? 나룻배에 무슨 돛대를……."

"아니에요, 할아버지. 나룻배도 돛대가 있어야 해요. 그래야 돛을 달고 잘 다닐 수 있죠? 제가 돛대 만들어 드릴게요."

"고맙네. 그려."

어부는 나룻배 한가운데 단단한 나무를 받친 후 돛대를 세웠습니다. 노와 돛도 만들었습니다. 마침내 나룻배가 다 만들어지자, 할아버지는 나룻배를 바다에 띄웠습니다. 바다에 뜬 나룻배는 반달 같았습니다. 나룻배를 탄 할아버지의 눈에 들어온 섬들 속엔 소록도도 있었습니다.

할아버지는 노를 저어 소록도 쪽으로 다가갔습니다. 머리에 두건을 쓰고 손에 헝겊을 감은 한센인 몇 명이 나무를 베어낸 곳을 밭으로 만들고 있었습니다. 괭이질과 삽질이 힘차 보였습니다. 할아버지는 곁눈질로 흘긋흘긋 자신을 쳐다보는 한센인들을 뒤로한 채 돛을 펼쳐 넓은 바다로 나아갔습니다.

금세 바람을 머금은 돛이 팽팽하게 부풀었습니다. 돛을 바라보는 할아버지의 얼굴에 엷은 미소가 서립니다. 이따금 멀리서 갈매기의 울음이 끼룩끼룩 들려옵니다. 너무나 평화로운 풍경입니다.

"할아버지, 나룻배가 참 멋지네요."

어부들이 할아버지 주위로 모여듭니다.

"고맙네, 멋지게 봐주어서."

어부들의 칭찬에 할아버지의 어깨가 으쓱해집니다. 바람이 숨을 죽이자, 배가 불룩했던 돛도 금세 바람 빠진 공처럼 홀쭉해지고 바다도 고요해집니다.

할아버지는 문득 나룻배에게 이름을 지어 주어야겠다고 생각했습니다.

"나룻배야, 나룻배야."

할아버지의 부름에 나룻배가 깊은 잠에서 깨어났습니다. 비로소 생명을 가진 것이었습니다.

"네, 할아버지."

"너에게 이름을 지어 주고 싶구나."

"저에게 이름을 지어 주신다고요?"

"그래. 꽃도 이름이 있기에 피는 거니, 너도 이름이 있어야 진짜 나룻배가 되는 거란다."

할아버지의 말에 나룻배는 고개를 갸웃거렸습니다. 이름을 가진다는 것이 얼마나 행복한 일인지 미처 몰랐기에…….

할아버지는 나룻배의 이름을 곰곰이 생각했습니다. 하지만 마땅한 이름이 잘 떠오르지 않았습니다. 그때였습니다. 다문다문 떠 있는 섬들 사이로 해가 지며 바다가 붉은 노을로 물들었습니다. 할아버지는 금빛 노을을 보며 아! 하고 감탄사를 흘렸습니다.

"노을, 노을. 네 이름을 '노을'로 하고 싶구나."

"제 이름이 노을이라고요? 노을, 노을……."

나룻배는 노을이라는 제 이름을 여러 번 되뇌어 보았습니다.

'나에게도 이름이 생기다니…….'

노을은 설레는 가슴을 억누르며 붉게 물든 바다를 하염없이 바라보았습니다.

2. 그날

"할아버지, 바다에 나가시려고요?"

후미진 골목에서 그물을 손질하고 있던 아낙들이 할아버지를 보고 말합니다.

"응. 낚시하러 가네."

"많이 잡아 오세요. 할아버지."

아낙들이 할아버지를 응원합니다. 골목을 빠져나온 할아버지는 곧장 부둣가로 향합니다. 손에 든 낚싯대와 통발이 할아버지의 걸음에 맞춰 살랑살랑 흔들립니다.

부두에서 노을이 할아버지를 반깁니다. 할아버지는 인사를 나

눈 후, 노을에 올라 노를 젓습니다. 삐걱삐걱 노가 뱉는 노랫소리가 물결 번지듯 바다로 퍼져나갑니다. 적당한 곳에 이르자 할아버지는 통발을 던집니다. 그러고는 낚싯바늘에 갯지렁이를 끼어 바다에 드리웠습니다. 바다에 밀짚모자를 쓴 채 낚싯대를 든 할아버지의 그림자가 생겨납니다.

큰 물고기를 낚을 것 같은 예감에 할아버지의 가슴이 설레었습니다. 하지만 시간이 흘러도 입질[2]조차 없었습니다.

"흠! 오늘은 물때[3]가 아닌가 보군."

할아버지의 한숨이 아쉬움으로 번집니다.

"할아버지, 저 섬 가까이 가 보면 어떨까요? 저기 가면 큰 물고기가 있을 것 같아요."

노을이 아쉬워하는 할아버지에게 말합니다.

"노를 저어가기에는 너무 먼데……."

"돛이 있잖아요."

"그래, 돛이 있었구나."

---

2) 입질: 낚시할 때, 물고기가 낚싯밥을 건드리는 일.
3) 물때: 낚시에서, 물고기가 가장 잘 낚이는 때.

노을의 말에 할아버지는 그제야 돛을 펼칩니다. 바람이 불자, 노을이 천천히 앞으로 나아갑니다. 물결이 이지러지면서 섬이 조금씩 가까이 다가옵니다.

푸른 소나무들 사이로 드문드문 집들이 보이고 사람도 보입니다.

어디선가 날아온 갈매기가 노을의 돛 기둥에 앉았습니다.

"와, 갈매기가 돛 기둥에 앉은 걸 보니 우리에게 선물을 주려나 봐요. 할아버지, 여기에서 낚시해 보세요."

"여기서?"

할아버지가 고갤 갸웃거립니다.

"어서요."

노을의 재촉에 할아버지가 못 이긴 척 낚시를 시작합니다. 한동안 긴 침묵이 흐릅니다. 지루해진 할아버지가 낚싯대를 뱃전에 걸쳐놓고 꾸벅꾸벅 졸고 있을 때, 노을이 다급히 속삭입니다.

"할아버지. 할아버지."

"으응?"

할아버지가 화들짝 눈을 떴습니다.

"낚, 낚싯대가 흔들려요. 고, 고기가 물었나 봐요."

"그, 그런가 보구나!"

할아버지가 재빨리 잡아채니, 낚싯대가 휙! 휘어지며 포물선을 그렸습니다. 낚싯줄도 팽팽해진 채 마구 흔들렸습니다.

"와아! 큰 물고기인가 봐요."

할아버지는 낚싯대를 꼭 쥔 채 물고기가 힘이 빠지길 기다렸습니다.

흔들림이 잦아들자 할아버지는 슬며시 낚싯대를 잡아당겼습니다. 순간, 물고기가 다시 버둥거려 낚싯대가 아까보다 더 크게 휘어졌습니다.

할아버지와 물고기의 본격적인 힘겨루기가 시작됩니다. 낚싯대 끝이 바닷물 속으로 쿡쿡! 자맥질⁴⁾할 때마다 할아버지는 어여차! 기합 소리를 냈습니다. 할아버지와 물고기의 줄다리기는 한 치의 양보도 없었습니다. 할아버지의 손에 밴 땀이 식고 팽팽하던 긴장감이 느슨해질 즈음, 드디어 물고기가 물 밖으로 모습을 드러냈습니다. 노을이 환호성을 질렀습니다.

"와아, 정말 큰 물고기네요."

---

4) 자맥질: 물속에 들어가서 팔다리를 놀려 떴다 잠겼다 하는 일.

"그래, 참돔이구나. 내가 이렇게 큰 참돔을 잡다니……."

참돔은 분홍색에, 빗 모양의 직사각형 비늘이 덮여 있어 매우 아름다웠습니다. 할아버지는 행여 참돔을 놓칠세라 낚싯줄을 가만가만 끌어당겼습니다. 참돔도 버티려고 안간힘을 쓰며 몸을 팔딱거렸습니다. 사방으로 튄 물방울이 햇살을 머금고 바다로 떨어졌습니다.

할아버지는 참돔을 노을의 옆으로 붙인 다음 잽싸게 끌어올렸습니다.

노을에 실린 참돔은 입을 뻐끔거리며 아가미를 벌룽거렸습니다. 눈도 대굴대굴 굴렸습니다.

"가까이에서 보니, 참돔이 더 커 보이네요."

노을이 한껏 들뜬 목소리를 냈습니다.

"그렇구나. 정말 크고 예쁘구나."

할아버지도 참돔을 보며 기쁨을 감추지 못했습니다.

그사이 멀리서 배 한 척이 노을 쪽으로 다가왔습니다.

"할아버지. 물고기 많이 잡으셨어요?"

어부는 인사치레로 할아버지에게 물었습니다.

"음. 아주 큰 참돔을 잡았네. 이거 한번 보게."

할아버지는 참돔을 들어 어부에게 보여주었습니다.

"와! 이렇게 큰 참돔은 처음 보는 것 같아요."

"허허허! 그런데 자네는 지금 어디로 가는 것인가? 이쪽은 바다로 나가는 길이 아닌데……."

"장에 가요. 오늘이 녹도 장날이잖아요."

"아하, 오늘이 장날이었구먼. 어서 나도 장에 가야겠구먼."

할아버지는 서둘러 집으로 향합니다. 참돔을 잘 갈무리해 두고 해가 머리 위에 있을 때 할아버지는 서둘러 시장으로 향했습니다. 시장은 사람들로 붐볐습니다.

　이것저것을 구경하던 할아버지는 대장간에 들렀습니다. 대장장이와 인부들이 땀을 뻘뻘 흘리며 탕탕탕! 메⁵⁾망치질을 하고 있었습니다. 할아버지는 농기구를 구경하다가 호미와 낫을 샀습니다. 또 시장을 돌며 그물도 샀습니다. 그때 머리에 두건을 쓰고 손에 헝겊을 감은 사람들이 지나갔습니다. 할아버지는 그들을 유심히 바라보았습니다. 왠지 낯익은 모습이었습니다.

　'이제 통발을 걷으러 가야겠군.'

　할아버지는 시장에서 사 온 것들을 마루 밑에 넣어 두고 바다로 나갔습니다. 통발을 걷어오는데 소록도 앞바다에 여러 척의 고깃배가 모여 있는 것이 보였습니다. 할아버지는 무슨 일인가 싶어 조심스럽게 다가갔습니다.

　"살려 주세요! 살려 주세요!"

　어부들이 살려 달라고 외치는 사람들을 구하고 있었습니다. 그때 누군가 소스라치게 놀라며 소리쳤습니다.

　"문, 문둥이⁶⁾(한센인)다. 문둥이야. 어서 피하자."

---

5) 메: 무엇을 치거나 박을 때 쓰는 묵직한 나무토막이나 쇠토막으로 만든 방망이.
6) 문둥이: 나환자를 얕잡아 이르는 말이다.

문둥이라는 소리에 어부들이 물에서 건진 한센인들을 밀쳐냈습니다. 풍덩! 풍덩! 한센인들이 바다에 빠집니다.

"이보게, 이게 무슨 일인가?"

"문둥이들입니다. 어서 피해야 해요. 한센병이 옮을지도 몰라요."

어부들이 재빨리 자리를 떴습니다.

할아버지는 물에 빠진 한센인들 곁으로 가기 위해 노를 저었습니다.

"아, 안 돼요. 할아버지, 한센병이 옮을지도 몰라요."

노을이 충고하자 할아버지가 타일렀습니다.

"노을아, 그러면 안 된다. 이 세상의 모든 생명은 소중한 거야."

"그래도요……."

할아버지가 한센인들을 노을에 태웁니다. 두려움에 지친 얼굴들이었습니다. 한센인들의 서러운 울음이 잦아들 무렵, 노을이 소록도에 닿았습니다. 힘겨운 걸음으로 멀어져가던 한센인들이 뒤돌아서서, 할아버지를 향해 고개를 숙였습니다. 할아버지도 한센인들을 향해 손을 흔들었습니다.

노을은 할아버지의 마음을 헤아리기 어려웠습니다. 몸에서 고약한 냄새가 나는 한센인들이 싫었고 무서웠습니다. 노을은 멀어져 가는 한센인들을 보며 저도 모르게 도리질[7]을 쳤습니다.

---

7) 도리질: 싫다거나 아니라는 뜻으로 머리를 좌우로 흔드는 행동.

3. 할아버지의 고백

"노을아."

"네, 할아버지."

할아버지가 노을을 부릅니다. 여느 때와 달리 목소리가 조금 떨립니다.

"어제 한센인들을 구한 일에 대해서 너에게 할 말이 있다."

"무슨 말씀인데요?"

노을이 궁금해하자, 할아버지는 오래전 바다에 바지락을 캐러 나갔다 돌아오지 못한 아내와 아들의 이야기를 들려주었습니다. 또 노을을 만든 이유는 위험에 처한 사람을 구하기 위함이라고 했습니다. 그 말을 듣자 노을은 저도 모르게 가슴이 뭉클했습니다.

노을이 보니, 할아버지 눈가가 촉촉하게 젖어 있었습니다.

"죄송해요, 할아버지. 전 그것도 모르고……."

"아니다. 나라도 그랬을 것이다."

할아버지는 노을의 마음을 가만가만 다독여 주었습니다.

어부들이 한센인들을 바다에 버린 일은 삽시간에 곳곳으로 퍼졌습니다. 그러나 사람들은 그 누구도 어부들을 탓하지 않았습니다. 오히려 한센인들을 구한 할아버지를 멀리하기 시작했습니다.

그래서인지 할아버지에게 인사하는 사람이 없었습니다. 가끔 아이들이 할아버지에게 다가가면 아이 엄마가 말리며 종주먹[8]을 하곤 했습니다.

할아버지를 위로한 건 뒷집 농부뿐이었습니다.

"할아버지, 힘내세요. 전 할아버지께서 옳은 일을 하셨다고 생각해요. 거기에 있었다면 저도 할아버지처럼 했을 거예요."

"고맙네. 이해해 주어서."

---

8) 종주먹: 주로 '대다', '쥐다' 따위와 함께 쓰여, 쥐어지르며 을러대는 주먹을 이르는 말.

뒷집 농부의 위로에 할아버지의 마음이 한결 가벼워졌습니다.

할아버지는 노을과 함께 바다로 나갔습니다. 섬에 이를 무렵, 어부들이 보이자 할아버지가 습관처럼 그들을 불렀으나 다들 못 들은 척했습니다.

"어이, 이보게. 많이 잡았는가?"

할아버지가 재차 불러도 마찬가지였습니다.

"할아버지, 어부들도 우리를 피하네요."

"그, 그러게 말이다. 내가 무얼 잘못했다고……."

할아버지가 한숨을 쉬니, 노을도 슬펐습니다. 할아버지는 던져 둔 통발을 보고는 뱃머리를 돌렸습니다.

저만치 소록도가 보이자, 할아버지는 그쪽으로 노를 저었습니다. 소나무 숲 사이로 언뜻언뜻 산비탈을 일구고 있는 한센인들이 보였습니다.

한참 동안 바라보다가 막 나룻배를 돌리려던 때였습니다. 키가 큰 한센인이 할아버지를 부르며 손짓했습니다.

"할아버지, 저예요. 저."

할아버지는 산비탈을 구르듯 내려오는 한센인을 멍하니 바라보았습니다. 가만히 보니 낯익은 얼굴이었습니다.

"어? 자네는 물에 빠졌던……."

"할아버지, 그동안 잘 지내셨어요?"

"그럭저럭 지냈네. 자네는 어땠는가? 그날 추워서 떠는 모습을 보고 혹시 감기에 걸린 건 아닌지 걱정했네."

"한동안 앓긴 했으나. 이젠 괜찮습니다."

"다행이군. 한데, 자네 이름이 무엇인가?"

"수월입니다. '빼어난 달'이라는 뜻이지요."

수월이 쑥스러워하며 머리를 긁적였습니다.

"그런데 여긴 어쩐 일이신지요?"

"바다에 나왔다가 자네들이 걱정되어 와 보았네."

"우, 우리가 걱정되었다고요? 고, 고마워요. 할아버지. 우리 같은 한센인을 걱정해 주시다니……."

수월의 눈에 눈물이 핑 돕니다. 수월은 눈물이 흐를까 싶어 고개를 들어 잠시 먼 곳을 바라봅니다. 할아버지는 수월과 이런저런 이야기를 나누다 뭍으로 돌아왔습니다.

며칠 후, 할아버지는 바다에서 잡은 물고기를 노을에 싣고 또다시 소록도로 향했습니다. 물고기를 보고 좋아할 한센인들 생각에 할아버지의 노 젓는 속도가 빨라집니다.

소나무 숲 사이로 한센인들이 보이고, 도란도란 이야기를 나누는 소리가 들려옵니다.

"걱정이야. 어떡하면 좋지?"

"그러게 말이야."

할아버지가 수월을 먼저 찾았습니다.

"거기, 수월이 있소?"

한센인들이 모두 할아버지를 바라보았습니다.

"형님은 집에 가셨습니다. 곧 올 겁니다."

머리에 천을 두른 한센인 청년이 그렇게 외치더니 할아버지에게 다가왔습니다.

"안녕하세요, 할아버지. 한번 뵙고 싶었습니다."

"나를 왜……."

"형님에게 들었어요. 할아버지께서 구해 주셨다고……."

"당연한 일 아닌가. 생명은 소중한 것이니……."

할아버지는 한센인 청년의 눈을 그윽하게 바라보았습니다. 청년의 눈은 밤하늘의 별들이 모두 내려앉은 듯 초롱초롱 빛나고 있었습니다. 그때 누가 청년의 이름을 불렀습니다.

"수경아, 거기서 뭐 하니? 아, 할아버지, 오셨군요."

"오! 수월이군. 자네를 찾았네."

할아버지가 수월을 보고 반가워했습니다.

"절 찾았다고요? 무슨 일이라도 있으세요?"

"한센인들이 소나무 숲에 모여서 수군거리던데, 무슨 일이 있나?"

"아, 씨앗을 못 구해서 그래요."

"무슨 씨앗을 말하는 건가?"

씨앗이라는 말에 할아버지의 귀가 쫑긋해졌습니다.

"상추나 오이 같은 채소 씨앗이요. 그날 배가 가라앉는 바람에 장에 못 갔거든요."

"그럼. 나와 이 나룻배를 타고 가세."

"그건 안 됩니다. 그날의 일로 저희가 섬 밖으로 나가면 사람들이 돌을 던지곤 하거든요."

"그러면 내가 대신 사다 주겠네. 더 필요한 것은 없는가?"

"음⋯⋯. 괭이와 낫이요. 아이들 신발도 몇 켤레 필요해요."

수월은 할아버지에게 필요한 것들을 알려주었습니다. 할아버지는 수월의 부탁을 잊지 않으려고 상추씨와 오이씨, 괭이와 낫, 신발을 머릿속에 되새겨 봅니다. 무심코 대소쿠리에 눈길이 머물자, 할아버지가 급히 허리를 숙여 물고기를 들어 올립니다.

"참, 이걸 잊을 뻔했군. 가져가서 먹게."

할아버지는 물고기를 수월에게 건네주었습니다.

"큰 물고기네요. 잘 먹을게요. 고맙습니다, 할아버지."

"저 청년은 자네와 어떤 사이인가? 형님이라 하던데?"

"사촌 동생이에요."

"아, 그런가? 그런데 왜 둘 다 여기에……."

"글쎄요. 불행하게도……."

"아, 그렇군. 난 이만 가 보겠네."

돌아서 오는 길에 할아버지는 자신이 한센인들에게 무언가 줄 것이 있음을 감사해했습니다. 그날 이후, 할아버지는 가끔 소록도에 있는 수월을 찾아가 바다에서 잡은 물고기를 주기도 하고, 심부름도 해 주었습니다.

노을은 그런 할아버지가 걱정되어 말렸지만, 할아버지는 아랑곳하지 않았습니다. 한센인들은 정 많은 할아버지를 무척 좋아했습니다. 그렇게 몇 해가 흘렀습니다.

계절이 바뀌고 들에 핀 들꽃들이 노을을 반길 때, 할아버지 몸 곳곳에 좁쌀이나 완두콩 크기만 한 발진[9]이 돋고 코점막에도 딱지가 생겼습니다. 할아버지는 어림짐작으로 자신도 한센병에 걸렸다는 것을 알았습니다.

---

9) 발진: 피부 부위에 작은 종기가 광범위하게 돋는 질환. 약물이나 감염으로 인해 발생한다.

4. 소록도 사람들

그 후 할아버지는 며칠을 앓고 또 앓았습니다. 눈도 퀭해졌고 볼도 홀쭉해졌습니다. 할아버지는 생각 끝에 자신이 한센병에 걸린 사실을 노을에게 알려주었습니다.

"노을아."

"왜 그러세요. 할아버지."

할아버지의 얼굴은 늦가을에 핀 코스모스처럼 쓸쓸해 보였습니다.

"저⋯⋯. 내가 한센병에 걸린 것 같구나."

"예에? 할아버지가 한센병에 걸렸다고요?"

노을이 저도 모르게 소리쳤습니다.

"그래……."

"……."

"나도 이제 소록도로 가야겠구나."

"안 돼요, 할아버지. 저는 어쩌고요?"

"어쩌긴? 넌 나룻배가 아니냐. 혼자서도 잘 다닐 수 있으니, 자유롭게 살으렴."

다음 날 아침, 할아버지는 사람들 몰래 노을을 타고 자욱한 해무[10]가 깔린 바다를 건너 소록도로 들어갔습니다. 노을은 자신을 뒤로한 채 멀어지는 할아버지를 보며 홀로 슬픈 눈물을 흘렸습니다. 노을의 눈물이 볼을 타고 흘러 바닷물에 방울방울 흩어졌습니다.

할아버지는 돌계단을 오르고 언덕을 넘었습니다. 오솔길도 지났습니다. 멀리서 마을로 들어오는 할아버지를 본 수월이 의아해하며 뛰어왔습니다.

---

10) 해무[海霧]: 바다 위에 끼는 안개.

"할아버지, 여긴 어쩐 일이세요? 어서 나가세요. 이곳은 한센인들만 사는 곳이에요."

수월은 가쁜 숨을 몰아쉬며 두 팔로 할아버지를 가로막는 시늉을 했습니다.

"나도 이제 여기서 살아야 하네."

"그게 무슨 말씀이세요? 여기서 살다니요?"

수월이 놀란 얼굴로 할아버지에게 물었습니다.

"자, 이걸 보게."

"이, 이것은……. 한센인들에게 나타나는 증상인데……. 우리 때문에 할아버지까지 한센병에 걸렸군요. 흑흑!"

"아니네. 어찌 이것이 자네 때문인가. 내 운명이지. 허허."

수월은 할아버지의 손을 잡고 야윈 어깨를 들먹이며 울고 또 울었습니다. 할아버지도 수월을 부둥켜안았습니다. 어느덧 할아버지 눈에도 뜨거운 눈물이 흘러내렸습니다.

한센인이 새로 왔다는 소식이 병원 관리인들에게 전해졌습니다. 관리인들은 구라호[11]도 타지 않고 소록도로 온 할아버지를 이

---

11) 구라호: 한센인들을 태워서 소록도로 들어오던 배.

상하게 생각하다가, 곧 흰 가루약을 마구 뿌리기 시작했습니다. 약이 독해서 할아버지는 구역질도 나고 어지러웠습니다.

수월은 휘청거리는 할아버지를 부축해서 자신이 사는 구북마을로 갔습니다. 그곳엔 마침 낡은 빈집이 하나 있었습니다. 언제 따라왔는지, 관리인들이 할아버지가 살 집에도 약을 잔뜩 뿌리고 갔습니다.

그날 밤 할아버지는 역겨운 냄새 때문에 도저히 방에 들어갈 수 없어서, 밖에서 밤을 지새웠습니다. 사실 처음 소록도에 온 한센인들은 누구나 독한 약 냄새 때문에 하룻밤을 밖에서 지새워야 했습니다. 오월인데도 밤공기가 차서, 할아버지는 오들오들 떨어야 했습니다.

이슬에 젖은 몸을 아침 햇살에 말리고 있는데, 수월이 할아버지를 찾아왔습니다.

"할아버지. 밤새 밖에서 계셨어요?"

"응. 냄새가 너무 지독해서……."

"죄송해요, 할아버지. 제가 미처 생각하지 못했네요."

"아, 아니네. 덕분에 별구경 잘했네."

할아버지는 수월을 보며 중얼거렸습니다. 그때 저 멀리서 수경

이 할아버지를 부르며 다가왔습니다. 수경이 뒤에는 마을 사람들
도 있었는데, 모두 손에 무언가를 들고 있었습니다.

"할아버지, 저희가 아침밥을 가지고 왔습니다."

수경이 밥상을 차리자, 한센인들이 밥과 반찬을 내려놓았습니
다. 흰 쌀밥과 된장찌개, 깍두기와 산나물이 놓인 밥상이 정갈해
보였습니다. 할아버지는 갑작스럽게 일어난 일에 어리둥절했습

니다.

"할아버지, 어서 드세요. 새로운 한센인이 소록도에 오면 첫날 아침밥은 마을 사람들이 차려 준답니다. 일종의 환영식 같은 거예요."

"고마워요, 고마워."

할아버지가 인사를 한 뒤 술적심[12]으로 된장찌개를 한 숟가락 떠먹었습니다. 할아버지는 마을 사람들이 고마워 눈물이 났습니다. 오래전 아내가 차려 준 밥상 같아 밥맛도 좋았습니다.

"할아버지, 여기 소록도도 할아버지가 살던 마을처럼 사람들이 사는 곳이에요. 우리는 다 같은 한센인들이라 서로 돕고 의지하며 형제처럼 지낸답니다. 이 마을 뒷산 바닷가엔 화장장[13]이 있어요. 좀 으스스하지만, 그 때문에 관리인들이 잘 오지 않아 감시가 덜해요. 진지 다 드시고 저랑 마을 구경 가실래요?"

"그래, 그거 좋겠군. 나도 하루빨리 이곳 지리를 익혀야 하니……. 우리 같이 먹읍시다."

할아버지가 수월에게 남은 숟가락을 건넵니다. 다른 한센인들

---

12) 술적심: 숟가락을 적신다는 뜻으로, 국이나 찌개 따위의 국물이 있는 음식을 이르는 말.
13) 화장장: 시체를 화장하는 장소.

도 자리에 앉아 밥을 먹습니다. 밥그릇에 부딪히는 수저 소리가 정겹습니다.

아침을 먹고 할아버지와 수월은 마을을 돌아보았습니다. 나무들 사이로 서로를 등진 채 옴팍하니[14] 들어앉은 집들과 텃밭이 소담스러워 보였습니다. 옆 마을과 바닷가에도 가 보았습니다. 소록도 앞바다는 깨끗하고 얕고 물살도 약했습니다. 할아버지가 바다를 자세히 살피자, 수월이 그 모습을 눈여겨봅니다.

"할아버지. 무얼 그렇게 보세요?"

"소록도 사람들은 이곳에서 무얼 하며 지내는가?"

"농사도 짓고, 닭도 키우고 물고기도 잡고 그래요. 한데 이젠 배가 없으니 한동안 바다로 나가기 어려울 것 같아요."

"그럼 독살[15]을 만들면 되지."

"독살이라고요? 그게 뭔데요?"

할아버지의 말에 수월이 관심을 보입니다.

---

14) 옴팍하다: 가운데가 조금 오목하게 들어가 있다.

15) 독살: 물고기를 잡기 위해 해안가에 쌓아 놓은 돌담을 말한다. 육지를 향해 입이 벌어지게 ㄷ자 혹은 반원 모양으로 담을 쌓아 밀물 때 물에 잠긴 돌담 안으로 들어온 물고기가 썰물 때 나가지 못하게 해서 물고기를 잡는 해안가의 전통적인 방법이다.

“바닷가에 돌담을 쌓아서 물고기를 잡는 것일세.”

“그거 좋겠군요. 제가 마을 사람들과 의논해 볼게요.”

수월은 마을 사람들에게 독살에 대해 말한 후, 함께 바닷가에 만들자고 했습니다. 사람들이 웅성거리며 서로 눈치를 보자 수경이 나섭니다.

“좋은 생각 같습니다. 한번 만들어 봅시다. 물고기가 많이 잡힐 것 같습니다.”

수경이 마을 사람들에게 소리치니, 하나둘 나섰습니다.

독살을 만드는 날은 날씨가 좋았습니다. 섬 곳곳에서 돌을 주워 와야 해서 힘들었지만, 누구 하나 불평하지 않았습니다.

한센인들은 손도 불편하고 다리도 절었지만, 서로 도와 돌담 쌓듯 독살을 열심히 쌓았습니다. 오랜 시간 끝에 드디어 독살이 완성되었습니다. 할아버지와 마을 사람들은 몹시 기뻐했습니다. 할아버지는 소록도 사람들이 거친 파도에도 무너지지 않는 독살처럼 굳세기를 바랐습니다.

5. 한센인 아이의 그리움

썰물이 되자, 할아버지와 수월은 독살에 나가보았습니다. 지난 밤 강풍이 불어 걱정했는데, 뜻밖에도 많은 물고기가 독살에 들어 있었습니다. 수월이 바지를 걷고 독살에 들어가니, 놀란 물고기들이 물을 튀기며 돌 밑으로 숨었습니다.

물고기를 잡으려는 수월을 돕기 위해 할아버지도 두 팔 걷고 나섰으나 역부족이었습니다. 물고기들과의 숨바꼭질에 지친 수월이 긴 한숨을 내쉬었습니다.

"할아버지, 아무래도 안 되겠어요. 마을 사람들을 데려와야겠어요."

수월은 허둥지둥 마을로 향했습니다. 곧 수경과 여러 명의 마을 사람들이 족대와 양동이를 들고 달려왔습니다.

마을 사람들은 독살에 든 물고기를 잡으며 어린아이처럼 좋아

했습니다. 물고기를 쫓아 뛰면서 웃다가도, 놓치면 아! 하는 아쉬움의 탄성을 지르기도 했습니다. 그렇게 물고기를 잡자 어느새 양동이에 물고기가 가득 찼습니다. 수경이, 수월이 곁으로 오더니 웃으며 말했습니다.

"형님, 오늘 물고기로 마을 잔치할까요?"

"그거 좋은 생각이야. 회도 뜨고, 매운탕도 끓여서 나누어 먹자. 독살을 쌓느라 다들 힘들었으니······."

잔치는 늦은 밤까지 이어졌습니다. 누군가 흥에 겨워 노래를 부르면 덩실덩실 춤도 추었고 큰 소리로 웃기도 했습니다. 잔치로 인해 사람들은 잠시나마 한센병을 잊고 즐거운 시간을 보냈습니다.

독살에 물고기가 많이 든다는 소문은 다른 마을에도 전해졌습니다. 그러자 너도나도 독살을 만들었습니다.

노을은 자주 소록도에 가 보았습니다. 어쩌다 사람이 보이면 할아버지 같아 가슴이 두방망이질[16]쳤습니다. 그러나 할아버지

---

16) 두방망이질: 두 손에 방망이를 하나씩 들고 서로 바꾸어 가며 두드리는 방망이질.

를 볼 수가 없었습니다.

그러던 어느 날. 해무가 그치자 제비선착장으로 구라호가 나왔습니다. 소록도로 들어오는 한센인을 태우러 가려는 것이었습니다. 노을은 언젠가 할아버지가 말씀하신 무카이집[17]이 생각나 구라호를 따라 녹동[18] 쪽으로 가 보았습니다. 환자 대기소인 그곳에서 사람들이 울면서 작별 인사를 하고 있었습니다. 그때 노을의 눈에 한 아이가 들어왔습니다.

열 살 남짓 되어 보이는 아이는 엄마와 헤어지기 싫어 목 놓아 울며 발버둥을 쳤습니다. 엄마도 끝내 손을 놓지 못하고 있었습니다. 우물쭈물하는 사이 구라호를 타고 온 한센인이 아이를 번쩍 들어 구라호에 태웠습니다. 그러자 아기 엄마도 구라호에 올라타려고 했습니다.

"안 돼요. 이 배는 한센인만 탈 수 있어요. 그만 집으로 돌아가세요."

손에 헝겊을 감은 키 큰 한센인이 아이 엄마를 말렸습니다. 구

---

17) 무카이집: 무카이는 일본어로 '맞이하다'라는 뜻이다. 한센인들은 날씨가 좋지 않아 배가 뜨지 못하면 몇 날 며칠을 배고픔과 추위에 떨며 무카이집에서 배가 오기를 기다렸다고 한다.
18) 녹동: 전남 고흥반도 남쪽 끝에 있는 섬으로, 과거에 소록도로 가는 배가 이곳에서 출발했다.

라호가 서서히 멀어지자, 아이 엄마는 발을 동동 구르다가 그 자리에 털썩 주저앉아 버렸습니다. 구슬픈 울음이 기적[19]소리처럼 길게 이어졌습니다.

"저렇게 어린아이가 한센병이라니……."

노을도 두 눈이 붉어집니다.

기다림에 지친 노을은 직접 할아버지를 찾아 나섰습니다. 북관사선착장[20]과 제비선착장, 수탄장[21]을 지나 소록도 곳곳을 둘러보았습니다. 암초를 피해 어렵게 구북마을 앞 바닷가에 이르렀습니다. 썰물이었으면 독살에 든 물고기를 잡느라 사람들로 북적였겠지만, 지금은 아무도 없었습니다. 섭섭한 마음으로 돌아서는데, 마른 풀숲 사이에서 익숙한 목소리가 들려왔습니다.

---

19) 기적: 기차나 배 따위에서, 증기의 힘으로 소리를 내는 신호 장치.

20) 북관사 선착장: 소록도에는 두 개의 선착장이 있었다. 북관사 선착장은 관리인과 일반인들이 이용했고 제비선착장은 한센인들이 이용했다. 1984년 요한 바오로 2세의 방문을 계기로 인권유린의 상징인 제비선착장은 폐쇄되었다.

21) 수탄장: 갱생원의 직원 지대와 한센병 환자들이 생활하는 병사지대로 나누는 경계선으로 1950~1960년대에는 철조망이 있었다. 병원에서는 전염을 우려해 환자의 자녀들을 직원 지대에 있는 보육소에 격리하여 생활하게 했다. 부모와는 이 경계선 도로에서 한 달에 한 번만 면회가 허용되었다. 이때 감염되지 않은 자녀와 감염된 부모는 도로 양옆으로 갈라선 채 일정한 거리를 두고 만나야 했다. 이 슬픈 광경을 목격한 사람들이 탄식의 장소라는 의미로 수탄장이라고 불렀다.

"노을아, 여긴 어떻게 왔느냐?"

"할아버지, 여기 계셨군요. 얼마나 찾았다고요?"

"넌 여기에 오면 안 돼. 여긴 한센인들이 사는 곳이야."

"그, 그래도요. 할아버지가 여기 계시잖아요."

"어서 가거라. 누가 보면 안 된다."

할아버지는 팔을 내저으며 노을을 내쫓았습니다. 뜻밖의 반응에 노을은 갑자기 할아버지가 미워졌습니다. 눈물을 꾹 참으며 소록도에서 녹동으로 돌아온 노을은 다시는 할아버지에게 가지 않을 거라고 다짐하고 또 다짐했습니다. 그러나 그 다짐은 그리 오래가지 못했습니다. 노을은 가끔 소록도를 찾아가서 먼발치에서 할아버지를 보고 돌아왔습니다.

비가 그친 어느 오후였습니다. 그날도 노을은 할아버지가 보고 싶어 구북마을 앞 바닷가로 갔습니다. 두리번거리며 할아버지를 찾는데, 한 아이가 바위에 엎드려 울고 있는 것이 눈에 들어왔습니다. 노을은 조심스럽게 아이에게 다가갔습니다.

"왜 우니? 엄마에게 혼난 거니?"

인기척에 고개를 든 아이가 노을을 빤히 쳐다보았습니다. 아이의 얼굴이 어쩐지 낯익어 보입니다.

"어, 넌?"

노을은 녹동 무카이집에서 본 아이 엄마와 아이를 떠올렸습니다.

"나룻배구나. 엄마가 너무 보고 싶어서 울었어."

아이의 말에, 노을도 문득 할아버지가 보고 싶었습니다.

"엄마가 많이 보고 싶니?"

"응."

"엄마는 벌써 집으로 돌아가셨을 거야. 집까지는 갈 수 없어."

"엄마가 앉아 있던 자리에라도 가고 싶어."

"엄마가 앉아 있던 자리? 녹동 무카이집을 말하는 거야?"

"그래, 거기에 가면 엄마의 숨결을 느낄 수 있을 것 같아."

아이의 눈빛은 고목에서 새 움이 트는 것처럼 너무나 간절했습니다. 노을은 그 마음을 모른 척할 수 없었습니다.

"내가 녹동 무카이집에 데려다줄게."

"저, 정말?"

"그래. 어서 타. 사람들이 보면 큰일 나."

노을은 아이가 타기 좋게 바위 가까이 다가갔습니다.

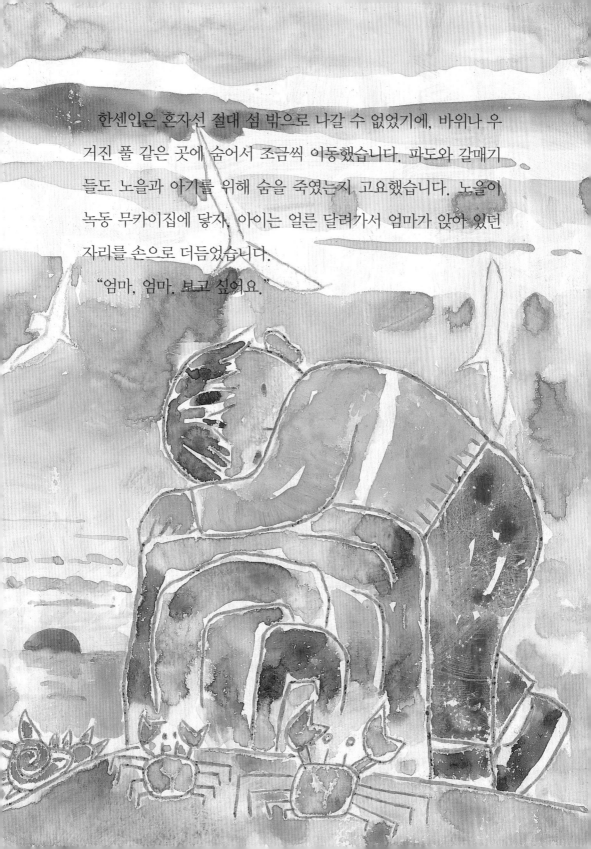

한센인은 혼자선 절대 섬 밖으로 나갈 수 없었기에, 바위나 우거진 풀 같은 곳에 숨어서 조금씩 이동했습니다. 파도와 갈매기들도 노을과 아기를 위해 숨을 죽였는지 고요했습니다. 노을이 녹동 무카이집에 닿자, 아이는 얼른 달려가서 엄마가 앉아 있던 자리를 손으로 더듬었습니다.

"엄마, 엄마, 보고 싶어요."

아이의 울음 섞인 목소리를 듣자 노을도 가슴이 먹먹했습니다. 엄마가 앉았던 자리엔 촛농 같은 아이의 눈물이 방울방울 떨어졌습니다. 아이의 울음에 어느새 서녘 하늘엔 가슴 아린 별이 송송히 돋아났습니다. 그 별은 아이의 별이어서, 별이 반짝이면 엄마를 향한 아이의 그리움도 함께 반짝였습니다.

노을은 소록도로 돌아오며 아이를 달래 주었습니다.

"언젠간 엄마가 널 만나러 올 거야."

"정말?"

"그럼. 밥 잘 먹고 잘 놀고 있으면, 엄마가 그 소식을 듣고 오실 거야."

그 말을 듣자, 아이가 뱃전에 얼굴을 묻었습니다. 먼 마을의 불빛 속에 그리운 아이 엄마의 얼굴이 가물거리고 있었습니다.

하늘이 맑던 날, 노을은 한 아주머니가 녹동 무카이집 근처에서 서성이고 있는 것을 보았습니다. 대번에 아주머니가 아이의 엄마라는 걸 안 노을은, 서둘러 아이를 무카이집으로 데려다주었습니다. 엄마를 만난 아이는 달맞이꽃처럼 환하게 웃었습니다. 기쁨의 눈물이 아이의 뺨을 적시자 노을의 눈에도 기쁨의 눈물이 맺혔습니다.

6. 한센인 소년의 사랑

두 달가량을 걸어 녹동에 도착했지만, 한센인 소년은 파도가 높아 사흘째 소록도에 들어가지 못하고 무카이집에 머물렀습니다. 파도가 높으면, 구라호가 뜨지 못해 한센인들을 태우러 오지 못했기 때문입니다. 구라호를 기다리던 소년은 배고픔을 참지 못하고 마을로 밥을 얻으러 나갔습니다.

"저리 가. 문둥이가 왜 여기까지 와서 그래."

"아주머니. 밥, 밥 좀 주세요. 배가 너무 고파요. 쉰밥도 괜찮아요. 물에 씻어서 먹을게요."

한센인 소년이 퀭한 눈으로 아주머니에게 깡통을 내밀었습니다. 깡통에는 햇살만 가득했습니다.

"어서 가. 문둥병이 옮는다 말이야."

아주머니의 매몰찬 태도에 소년은 잔뜩 주눅이 들어 뒷걸음질 치고 맙니다.

소년은 다리를 절며 다른 집으로 가 보았지만, 여전히 밥을 얻지 못했습니다. 날이 어두워져 무카이집으로 돌아오니, 머리에 두건을 쓴 한센인 한 분이 와 있었습니다.

"안녕하세요."

소년의 인사에 한센인이 슬며시 고개를 돌렸습니다. 뒤에서 볼 땐 젊어 보였는데, 할머니였습니다.

"너도 소록도에 가려고 온 거니? 배는 언제 와?"

"파도가 높아 사흘째 구라호가 뜨지 못하고 있어요. 제가 깃발을 여러 번 흔들었는데도 별 반응이 없어요."

"그랬구나……."

할머니는 말끝을 흐리며 소년을 올려다보았습니다.

"할머니, 진지는 드셨어요?"

"아니, 어제부터 아무것도 먹지 못했어."

소년은 얼른 마을 사람들 몰래 우물에서 물을 길어와 할머니에게 주었습니다. 소년이 물을 기를 때, 돌담 너머에서 단발머리 소녀가 훔쳐보고 있었습니다.

　다음 날도 바다는 계속 심술을 부려 구라호는 뜨지 못했습니다.

　소년은 또 밥을 얻으러 나갔습니다. 이번에는 녹동에서 떨어진 먼 마을까지 갔지만, 결과는 변함이 없었습니다. 비칠비칠[22] 걷던 소년은 무카이집으로 돌아오다 그만 우물곁에서 푹, 쓰러지고 말았습니다. 얼마나 많은 시간이 지났을까. 소년이 어렴풋이 눈을 떴을 때 낯선 소녀가 보였습니다.

　"괜찮니? 자, 이 물 좀 마셔."

　소녀는 물이 담긴 그릇을 소년에게 내밀었습니다.

　"고, 고마워."

　"오늘은 밥을 얻었니?"

　"아니, 못 얻었어."

　소년의 메마른 입술이 애처로워 보였습니다. 소녀는 집에 가서

---

22) 비칠비칠: 몸을 제대로 가누지 못하고 이리저리 어지럽게 비틀거리는 모양을 나타내는 말.

깡통에 밥을 담아왔습니다. 밥을 보자 소년이 침을 꿀꺽! 삼켰습니다. 사흘 만에 보는 밥이었습니다. 그러나 문득 할머니가 생각났습니다. 소년은 밥이 든 깡통을 품에 고이 안았습니다.

"왜 안 먹니? 배가 많이 고플 텐데."

"무카이집에 가서 먹을 거야. 할머니가 계시거든."

"할머니라니? 혼자 있는 거 아니었어?"

"응, 어제 할머니가 오셨어."

"그럼 밥이 모자랄 텐데……."

소녀가 소년을 보며 미안해했습니다. 어렵게 밥을 얻은 소년은 기쁜 맘으로 무카이집으로 가서 할머니와 밥을 나누어 먹었습니다. 찬밥에 김치 몇 조각뿐이지만 너무나 달고 맛있었습니다.

파도가 잠잠해지지 않자, 소년은 또 밥을 얻으러 다녔습니다. 얻지 못하는 날이 더 많았지만, 그래도 소녀를 만나면 밥을 얻을 수 있었습니다.

그날도 소년은 밥을 얻지 못한 채 무카이집으로 돌아왔습니다. 그런데 소녀가 밥을 갖고 찾아왔습니다.

"여긴 어쩐 일이니? 넌 여기 오면 안 돼?"

소년이 놀라서 말했습니다.

"밥을 주려고 왔어."

"고마워, 그런데 어서 가. 네가 여기에 오면 마을 사람들이 가만히 있지 않을 거야."

그러자 소녀가 소년의 손을 잡고 어디론가 갔습니다. 그곳은 소록도가 내려다보이는 산 밑 언덕이었습니다.

"난 여기가 좋아. 소록도가 다 내려다보이니까. 우리 어머니도 한센인이야."

"뭐? 어머니가 한센인이라고? 그럼 소록도에 계셔?"

"응. 못 본 지 오래되었어."

소년도 갑자기 어머니가 보고 싶었습니다.

"그랬구나. 참, 네 이름은 뭐니?"

"연화야."

"어머니의 이름은?"

"김분희."

사정을 들은 소년은 연화와 어머니를 꼭 만나게 해 주고 싶었습니다.

이튿날, 잔잔한 파도를 헤치고 드디어 구라호가 무카이집으로 왔습니다. 소록도로 간 소년은 연화의 어머니를 찾기 위해 섬마을 구석구석을 다녔습니다.

연화의 어머니는 밤실마을에 있었습니다. 소년은 어떻게 하면 연화와 어머니를 만나게 해 줄까 고민했으나, 마땅한 방법이 없었습니다. 구라호를 이용해 보려 해도 여의찮았습니다. 소년이 구북마을 앞바다에 나와 바위에 앉아 있는데, 노을이 다가왔습니다.

"무얼 그리 보고 있니?"

"으응, 그냥……."

"무슨 고민이라도 있니?"

"응. 일주일 정도 무카이집에 있을 때 연화라는 소녀를 알게 되었어. 연화는 네게 밥을 주곤 했어. 알고 보니, 연화의 어머니도 한센인이었어. 그때 혼자 다짐했어."

"다짐이라고?"

"연화와 어머니를 꼭 만나게 해 줄 거라는 다짐 말이야."

하지만 소년은 곧 깊은 한숨을 내쉬었습니다.

"연화의 어머니를 태워 줄 배가 필요한가 보구나."

"그래, 네가 좀 태워 주겠니?"

"응. 그럴게."

"고마워, 나룻배야. 이 소식을 연화에게 전해 줘야 할 텐데……."

"내 이름은 노을이야. 내가 녹동에 가서 연화에게 소식을 전해 줄게."

노을은 쏜살같이 연화를 만나서 소식을 전해 주었습니다. 연화는 매우 기뻐했습니다.

해가 뉘엿뉘엿 지던 해거름, 소년은 연화의 어머니와 함께 노을을 타고 연화를 만나러 갔습니다. 멀리서 연화가 달려와 어머니의 얼굴을 어루만지며 눈물을 흘렸습니다. 어머니도 연화를 보고 흐느껴 울었습니다. 작은 어깨가 들먹일 때마다 눈물은 두 사람의 발등에 떨어져 새로운 그리움으로 번지고 있었습니다. 이 모습을 본 소년과 노을도 그리움으로 물들어 갔습니다.

소년은 노을의 도움으로 이따금 연화를 만나러 갔습니다. 언덕에 들꽃이 피면 무지개 같은 마음을 담아 꽃반지도 만들어 주었습니다. 연화의 손가락에 머문 꽃반지는, 애틋한 사랑의 시작이었습니다.

7. 외톨이가 된 노을

"노을아, 요즈음 난 연화 생각만 하면 자꾸만 가슴이 설레."

소년의 고백에 노을이 장난꾸러기처럼 깔깔거리며 웃었습니다.

"왜 웃니? 난 심각한데."

"좋은 일이니까 웃지. 넌 지금 연화를 사랑하고 있는 거야."

"뭐? 내가 연화를 사랑한다고?"

"그래, 사랑하니까 가슴이 설레는 거야. 사랑하게 된 걸 축하해."

노을이 소년의 사랑을 축하해 주었습니다.

"축하는 무슨? 만나기도 쉽지 않은데……."

"편지를 써 봐."

"편지?"

"응. 편지는 그 어떤 말보다도 좋아. 너의 마음을 오롯이 연화에게 전해 줄 거야."

"정말?"

"그럼. 어서 편지를 써 봐, 내가 전해 줄게."

노을은 소년에게 어서 편지를 쓰라고 재촉했습니다. 그러나 소년은 편지를 잘 쓰지 못해서 지우고 쓰기만 반복할 뿐이었습니다. 며칠 동안 끙끙대던 소년이 노을에게 하소연했습니다.

"편지를 못 쓰겠어."

"왜?"

"혹 연화가 내 편지를 읽고 실망할까 봐."

"네가 정말 연화를 사랑한다면 용기를 내 봐."

"그래도 자신이 없어."

"그러면 시를 써 봐."

"시? 예전에 써 보긴 했지만……."

소년이 시큰둥한 표정을 지었습니다.

"시를 써 봤구나. 그럼 됐네. 또 써 봐. 연화도 좋아할 거야."

"정말 그럴까?"

"그럼. 넌 분명 좋은 시를 쓰는 훌륭한 시인이 될 거야."

소년은 노을의 격려에 시를 쓰기 시작했습니다. 예전에 써 보아서인지 감성도 차츰 되살아났습니다.

저 별
다 헤면 만날 수 있을까,
헤고 또 헤다 눈 감으면
아련히 떠오르는
나뭇잎 뒤 달 같은 얼굴

저 별
따라가면 만날 수 있을까,
손꼽아 헤고 또 헤면
반짝반짝 빛나는 너의 모습

별과 별 사이
애도는 그리움 하나로

산 밑 그 언덕
그 자리에

나, 들꽃으로 피어 그대 기다리리
그대의 꽃반지 될 날 꿈꾸리

노을은 소년이 쓴 시를 연화에게 전해 주었습니다. 그때 노을은 우체부같이 즐거웠습니다. 시를 읽는 연화의 마음속에도 어느새 소년을 향한 사랑이 감돌기 시작했습니다.

소년은 날마다 시를 썼습니다. 시 구절 속에는 달과 별, 바다가 있어 소년과 연화도 그것들을 닮아갔습니다.

노을은 한가로워지자, 오랜만에 친구들이 있는 항구에 갔습니다. 마침 바다에 나갔던 고깃배들이 돌아와 있었습니다. 고깃배들은 노을을 반겨 주었습니다. 노을은 오랜만에 친구들을 만나서 기뻤습니다.

"모두 잘 있었니?"

"응, 너도 잘 있었지?"

빨간 깃발을 단 고깃배들이 노을을 내려다보았습니다. 검게 탄 고깃배들의 얼굴이 싱그러워 보였습니다. 고깃배들은 서로 자신의 이야기를 하기 바빴습니다.

"오늘 아주 큰 물고기를 잡았어."

"난 큰 문어를 잡았어. 어찌나 큰지 어부도 놀라던걸."

"나도 잡았어."

낡은 고깃배가 으스댔습니다.

"무얼 잡았는데?"

"말하면 놀랄 건데……."

"혹시. 고, 고래를 잡은 거야?"

그물이 실린 고깃배가 목소리를 높였습니다.

"하하하, 맞췄군. 그런데 새끼 고래라 어부가 살려 주었어."

"착한 어부구나."

고깃배들은 모두 감동했습니다. 고깃배들의 이야기가 한창일 때, 뒤늦게 바다에서 돌아온 새 고깃배가 노을을 매섭게 노려보았습니다.

"넌 여기에 왜 왔니?"

"왜 오긴? 친구들을 만나러 왔지."

노을은 저절로 어깨가 움츠러들었습니다. 다른 고깃배들도 무슨 일인가 싶어 노을과 새 고깃배를 번갈아 보았습니다.

"몰라서 묻니?"

"……."

"네가 한센인을 태우고 다닌 걸 모를 줄 아니?"

"그, 그건 말이야."

새 고깃배의 말에 다른 고깃배들의 귀가 솔깃해졌습니다.

"뭐? 노을이 한센인을 태우고 다녔다고? 그게 사실이니?"

"아, 아이가 엄마를 보고 싶어 해서……."

"그래도 한센인을 태우고 다니면 어떡해. 넌 우리 배들의 수치야."

새 고깃배가 노을을 다그치자, 다른 고깃배들도 하나둘 합세하기 시작했습니다.

"새 고깃배의 말이 맞아. 아무리 그래도 어떻게 한센인을 태워."

노을은 순식간에 궁지에 몰렸습니다. 그때 낡은 고깃배가 노을의 편을 들고 나섰습니다.

"한센인도 사람이야. 우리는 사람을 태우는 배이니, 노을은 아무 잘못이 없어."

"아무 잘못이 없다고? 만일 다른 사람들이 탔다가 한센병이라도 옮으면 어떡해?"

새 고깃배가 낡은 고깃배를 나무랐습니다.

"이제 한센병은 옮는 병이 아니야. 약만 먹으면 안 옮는다고."

"그래도 안 돼. 저리 가. 넌 이제 우리 친구가 아니야."

고깃배들은 노을에게 가라고 소리쳤습니다. 노을은 울며 항구를 나와 바다를 떠돌아다녔습니다.

　　그날 새벽, 갑자기 센 비바람이 불어 큰 파도가 일었습니다. 평소 같으면 항구로 피신했겠지만, 이젠 갈 곳이 없었습니다.

　　비바람에 휩쓸린 노을은 멀리 무인도로 떠내려갔습니다. 정신을 잃었던 노을이 힘겹게 눈을 떴을 땐, 배 곳곳이 긁혀 있었습니다. 돛대도 부러지고 노도 없었습니다.

　　지친 노을은 할아버지를 생각하며 소록도로 향했습니다. 할아버지가 자신을 깨끗이 고쳐 주리라 믿으며.

8. 새 돛대와 새 노

"너, 여기서 무얼 하니?"

한센인 소년이 나무에 기대어 바다를 바라보고 있는 아이에게
물었습니다.

"나룻배를 기다리고 있어요."

"나룻배? 노을을 말하는 거니?"

"나룻배 이름이 노을이에요? 참 예쁜 이름이네요."

"응, 그런데 왜 노을을 기다려?"

"엄마가 보고 싶어서요. 엄마가 앉았던 자리에라도 가 보고 싶
어요."

"그랬구나……."

아이의 말에 소년은 코끝이 찡했습니다. 아이는 울었는지 눈이 빨갰습니다.

"형은 왜 여기에 온 거예요?"

"나도 노을을 기다리고 있어."

소년은 퉁명스럽게 말했지만, 애타는 마음은 감출 수 없었습니다.

아이와 소년은 온종일 노을을 기다렸습니다. 하지만 헛수고였습니다.

그래도 아이와 소년은 바닷가에 나와서 매일 노을을 기다렸습니다. 기다림이 길어지면서 소년에겐 연화에게 보낼 시가 쌓여갔습니다.

한 달 남짓 몸살을 앓은 할아버지가 바닷가로 나왔습니다. 여위어서인지 얼굴의 주름이 더 깊어 보였습니다. 할아버지가 아이와 소년을 보더니 물었습니다.

"여기서 무얼 하느냐?"

"노을을 기다리고 있어요."

"노을이라면, 나룻배를 말하는 것이냐? 너희가 노을을 어떻게 알고?"

할아버지의 물음에 아이가 먼저 나섰습니다.

"내가 엄마가 보고 싶어 울고 있을 때, 노을이 저를 녹동 무카이집에 데려다주었어요."

"노을은 제 시를 소녀에게 전해 주었어요. 또 좋은 시를 쓰는 훌륭한 시인이 될 거라고 용기도 주었어요. 노을은 잃었던 꿈을 되찾게 해 준 고마운 친구예요."

"노을이 너희의 친구가 되어주었구나."

아이와 소년은 노을이 자기에게 해 준 일을 할아버지에게 알려 주었습니다.

바다에 드리운 아이의 긴 그림자가 파도에 일렁일 때 드디어 노을이 모습을 드러냈습니다. 닷새를 기다린 뒤였습니다. 아이는 노을의 초췌한 모습을 보더니 놀라서 허둥지둥 달려갔습니다.

"노을아, 왜 이렇게 되었어?"

"할아버지를 좀 불러 줘."

노을은 쉰 목소리로 겨우 말하고는 스르르 눈을 감았습니다.

꿈에서 노을은 비바람을 맞으며 바다를 떠돌았습니다. 투두둑 소리와 함께 돛대도 부러지고 노도 없어졌습니다. 고깃배들이 나타나 손가락질하며 놀려댔습니다. 노을이 고개를 흔들며 몸서리 칠 때 익숙한 목소리가 들렸습니다.

"노을아, 괜찮으냐? 왜 이렇게 된 것이냐?"

"할아버지. 저……."

"그래, 어서 말해 보아라."

할아버지가 노을을 안타깝게 바라보았습니다.

"한센인을 태우고 다닌다고 고깃배들이 저를 항구에서 쫓아냈 어요."

"그랬구나. 돛대도 부러지고 노도 없는 걸 보니 고생이 많았나 보다."

"예, 할아버지."

노을은 할아버지에게 그동안 있었던 일을 이야기해 주었습니 다. 노을이 소록도로 왔다는 소식을 들은 소년이 달려왔습니다. 소년은 노을을 위로해 주었습니다.

할아버지는 노을의 돛대와 노를 새로 만들어 주고 싶었지만, 몸이 좋지 않아서 손재주가 좋은 수월을 찾아갔습니다.

"할아버지. 어쩐 일이세요?"

수월이 할아버지를 보고 놀라 물었습니다.

"자네도 알지? 내가 타고 다니던 나룻배 말이야."

"아, 노을요? 참! 노을이 왔다면서요. 돛대도 부러지고 노도 없이 온 게 정말 인가요?"

"그래서 말인데……. 자네가 돛대와 노를 새로 만들어 주면 어떨까 하고."

"제가요?"

"응, 자네는 손재주가 좋지 않나?"

"알겠어요, 할아버지. 노을이 아이와 소년을 도와주었다는 이야기를 들었어요. 노을을 위해 할 일이 없을까 생각했는데, 마침 잘 되었네요."

"고맙네. 그리 생각해 줘서."

수월이 부탁을 들어주자, 할아버지의 얼굴이 밝아졌습니다.

수월과 수경은 바닷물에 담갔다가 말린 나무를 깎았습니다. 그들이 만든 돛대와 노는 꽃돌[23]처럼 아름다웠습니다.

---

23) 꽃돌: 꽃 모양 무늬가 들어 있는 돌.

마을 사람들도 긁힌 곳에 꼼꼼하게 옻칠해 주었습니다. 바느질을 잘하는 아주머니들은 돛에 달 천을 만들었습니다. 어느새 노을의 수리 작업은 순조롭게 끝이 났습니다. 노을도 새로워진 자신의 모습에 만족했습니다.

"할아버지, 저도 여기서 살고 싶어요. 괜찮죠?"

"그럼, 너도 이제 한 식구인걸."

할아버지의 허락에 노을은 뛸 듯이 기뻐했습니다. 노을은 할아버지와 수월을 태우고 바다로 나갔습니다. 돛을 펼치니 예전보다 더 멋진 나룻배가 되었습니다.

노을이 바다에 그려진 자기 그림자를 보고 있는데, 갈매기가 날아와 이마에 똥을 찍! 싸고 달아났습니다.

"에잇! 더러워. 저 녀석이……."

노을이 호들갑을 떨자 할아버지가 껄껄껄 웃었습니다. 수월이 얼른 헝겊으로 깨끗이 닦아 주었습니다.

"수월님, 돛대와 노를 만들어 줘서 고마워요. 저번 돛대는 무거워서 조금 옆으로 기울었는데, 지금은 가벼워서 한결 배도 앞으로 잘 나가요."

"네가 좋다니 다행이구나. 앞으로도 우리를 많이 도와주렴."

"예. 수월님. 수월님은 여느 목수보다 뛰어난 것 같아요. 이렇게 돛대와 노를 잘 만드시는 걸 보면요."

노을의 칭찬에 수월이 멋쩍은 듯 딴 곳을 바라보았습니다.

다음 날부터 노을은 바빠졌습니다. 소년이 쓴 시를 전해 주면 연화도 시를 써 주었습니다. 아이가 엄마를 보고 싶다고 하면 무카이집에 데려다주었고, 마을 사람들의 심부름도 해 주었습니다. 일이 많아 힘든 날도 있었지만, 한센인들을 위해 무언가를 할 수 있어 행복했습니다. 할아버지는 그런 노을을 늘 흐뭇하게 바라보았습니다.

9. 수월과 혜란

태풍이 지나가고 난 후, 수월은 무너진 독살을 쌓느라 마을 사람들과 바쁜 시간을 보냈습니다. 독살은 이제 소록도에선 없어서는 안 될 중요한 것이었습니다. 사람들은 독살에서 잡은 물고기를 먹기도 하고, 장에 내다 팔기도 했습니다.

독살을 다 쌓은 수월은 마을 곳곳을 돌며 태풍에 날아간 지붕을 고치고 쓰러진 나무들을 정리했습니다. 뒷산에서 흙도 퍼와서 말린 풀과 물을 섞어 구멍 난 벽도 말끔하게 고쳐 주었습니다.

하늘이 맑아지자, 구라호는 다시 무카이집에 있는 한센인들을 태우러 다녔습니다. 매달 각 마을에서 두세 명씩 돌아가며 그 일을 맡아서 했는데 이번에는 수월과 수경이 차례가 되었습니다.

"할아버지, 내일부터 한 달간 우리가 구라호를 맡기로 했어요. 같이 한센인들을 태우러 가실래요?"

"그래, 같이 가자꾸나. 멀리서 오는 한센인을 잘 맞는 것보다 중요한 일은 없지."

"맞아요. 할아버지."

그날 오후, 수월은 할아버지와 수경을 태우고 구라호를 운전해 무카이집으로 갔습니다. 태풍으로 며칠 동안 구라호가 무카이집에 가지 못해 마음이 급했습니다. 무카이집에는 젊은 한센인 다섯 명과 할머니 한 분이 있었습니다. 그들은 두건을 쓴 채 무표정한 얼굴을 하고 있었습니다.

구라호가 한센인들을 태우고 막 떠나려고 할 때, 멀리서 아가씨가 손짓하며 뛰어왔습니다.

"잠시만 기다려 주세요. 저도 소록도에 가야 해요."

아가씨가 숨을 헐떡이며 배에 타려고 하다 그만 발을 헛디뎠습니다. 수월이 얼른 나서서 손을 잡아 주었습니다. 수월의 손에 쏘옥 들어간 아가씨의 손이, 옹달샘에 뜬 단풍 같았습니다. 순간 수월의 얼굴이 붉어졌습니다.

아가씨가 뱃전에 앉아 있는 모습을 보자, 수경의 가슴도 두근
거렸습니다.

"하늘도 무심하시지, 저렇게 젊고 어여쁜 아가씨가 한센병이라
니⋯⋯."

할아버지는 하늘을 보며 한센병을 원망했습니다.

구라호를 타고 소록도로 들어 온 한센인들은 관리소의 지시에 따라 여러 마을로 흩어졌습니다. 할머니와 아가씨는 구북마을로 왔습니다.

두 사람은 오래전 어떤 총각이 살던 집에서 지내기로 했습니다. 그런데 집이 낡아 손을 봐야 할 곳이 많았습니다. 수월과 수경은 보름 남짓 걸려 집을 수리해 주었습니다. 할아버지도 구들[24]을 손보았습니다. 마을 사람들은 먹을 것을 가져왔습니다.

집수리가 끝나던 날 독살에서 잡은 물고기로 조촐한 환영식도 열었습니다. 노을은 마을에 새 식구가 와서 기분이 좋았습니다.

"노을아."

시무룩한 얼굴을 한 수경이 노을을 불렀습니다.

"왜 그러니, 수경아."

"나, 고민이 생겼어."

"무슨 고민인데?"

"내가 새로 온 아가씨를 좋아하는 것 같아. 수월이 형도 좋아하는 것 같은데……."

---

24) 구들: 아궁이에 불을 때어 그 불기운이 방바닥 밑으로 난 방고래를 통해 퍼지도록 하여 방을 덥게 하는 난방 장치.

평소와 다른 수경의 태도에 노을도 할 말을 잊고 바다만 바라보았습니다.

"할머니, 아가씨는 어디 갔나요?"

낙지와 게가 든 대바구니를 들고 찾아온 수월이 집안을 두리번거리며 말했습니다.

"약을 나눠 준다고 해서, 좀 전에 관리소에 갔어."

"그랬군요."

수월은 할머니에게 바구니를 건네면서 머뭇거렸습니다.

"저……. 할머니, 아가씨 이름이 뭔지 아세요?"

"응? 혜란이여."

"혜란이라고요?"

"이름도 마음씨도 고운 처자여. 한센병만 안 걸렸으면 좋았을 텐데, 쯧쯧."

할머니는 혼잣말하며 마당을 쓸었습니다. 마당이 조금씩 깨끗해졌습니다.

수월이 막 집을 나오는데, 혜란이 들어왔습니다. 수월의 얼굴이 석류처럼 붉어졌습니다. 수월은 혹 마음이 들킬까 봐 허둥지둥 밖으로 나왔습니다. 뒤돌아서 걸어가는데, 혜란의 얼굴이 자꾸만 눈앞에 아른거렸습니다.

"왔는가?"

"네, 할아버지. 이거 드셔보세요."

수월은 전복과 소라를 할아버지에게 내밀었습니다.

"너무 애태우지 말게. 인연이라면 자네의 마음이 언젠간 가 닿을 걸세."

"고맙습니다, 할아버지. 전 한센병이 너무나 원망스럽습니다. 저도, 혜란도 무슨 죄가 있어 이런 형벌을 받는 것인지……."

"나도 구라호에 타는 혜란을 보면서 하늘을 원망했다네. 아직 한센병의 초기인 듯한데, 어떻게 여기까지 왔는지……."

할아버지는 궁금한 눈으로 수월을 보았습니다.

"많이 잡았네그려. 수경도 부르게. 같이 먹게."

할아버지는 구라호에서 혜란을 보던 수경의 눈빛을 떠올렸습니다. 잠시 후, 수경이 도착하자 셋은 함께 평상에 앉아 점심을 먹었습니다.

썰물이 진 오후, 호미와 대바구니를 든 수월이 혜란에게 말합니다.

"낙지하고 바지락 좀 잡으러 바다에 가려고요."

"저도 찬거리[25]를 구하러 바다에 갈 참이었어요. 할머니가 좋아하시는 바지락을 잡아서 된장찌개를 끓여야겠어요."

수월과 혜란은 바닷물이 빠진 바다로 나갔습니다. 먼저 온 사람들이 낙지와 바지락을 잡느라 분주하게 몸을 움직이고 있었습

---

25) 찬거리: 반찬을 만드는 데 쓰이는 여러 가지 재료.

니다. 큰 문어를 잡은 사람이 와! 하고 탄성을 지르자 사람들이 쳐다보았습니다. 굵은 다리를 꿈틀거리며 어부의 팔을 감는데, 빨판26)도 엄청나게 컸습니다. 빨판을 떼니 팔뚝에 부항27)이라도 뜬 듯 동그라미가 새겨졌습니다.

수월과 혜란도 부지런히 낙지도 잡고 바지락도 캤습니다. 수월은 잡은 낙지 몇 마리를 혜란의 대바구니에 넣었습니다. 꼬무락거리던 낙지가 바지락을 헤집다가 서로 엉겨 붙습니다.

"할머니와 드세요. 낙지는 한센병을 앓는 우리에게 좋은 보양식이에요."

수월이 바지를 털고 바위에 걸터앉자 혜란도 따라 했습니다.

"처음 여기에 왔을 땐 모든 게 낯설고 두려웠는데, 이젠 익숙해지고 정도 들었어요. 모두 수월 씨 덕분이에요."

"아니에요. 제가 무슨 도움이 되었다고요. 한센병이 그리 많이 진행되지 않은 것 같은데, 어떻게 소록도까지 왔어요?"

"한센병은 하늘이 내린 형벌이라잖아요? 제가 큰 죄를 지은 듯

---

26) 빨판: 오징어나 문어 발이나 거머리 따위의 입과 같이, 다른 동물이나 물체에 달라붙는 데 쓰는 기관
27) 부항: 한방에서, 고름이나 나쁜 피를 뽑아내기 위해 불을 넣어 공기를 희박하게 한 작은 단지를 부스럼 위에 붙이는 일.

해 무작정 집을 뛰쳐나왔어요. 가족에게 피해가 갈까 봐 두렵기도 했고요."

"혜란 씨가 무슨 죄를 지었다고 그래요. 할 수만 있다면, 혜란 씨의 병을 제가 다 가져오고 싶어요."

수월이 혜란의 손을 부여잡고 흐느꼈습니다. 혜란도 수월의 손을 잡고 울었습니다. 서로의 눈물 속에 사랑이 망울지고 있었습니다.

10. 혜란의 소원

골목을 나오던 수경이 오솔길을 걸어가는 수월과 혜란의 뒷모
습을 보았습니다. 수월과 혜란은 곧 숲속으로 멀어져갔습니다.
수경은 문득 쓸쓸했습니다. 맘 같아선 다가가 수월과 혜란의 사
랑을 축복해 주고 싶었지만, 선뜻 내키지 않았습니다. 나뭇가지
에서 살랑이는 단풍잎을 보고 있는데, 수경의 곁으로 할아버지가
다가왔습니다.

"나와 같이 산에 나무하러 가세. 곧 추워질 텐데, 겨울 준비를
해야지."

"할아버지 댁엔 땔감이 많잖아요?"

할아버지가 저만치 앞서 걸어가자, 수경이 할 수 없이 뒤를 따릅니다.

할아버지는 여느 때보다 더 열심히 나무를 했습니다. 수월도 할아버지를 도왔습니다.

마른 참나무와 갓 베어 솔향이 밴 소나무는 불땀[28]이 좋아 보였습니다. 나무가 가득 얹힌 지게를 지려고 할아버지가 받쳐둔 작대기를 잡았습니다. 그러자 수경이 얼른 나서서 지게를 졌습니다. 얼마나 나무를 많이 했는지 몸이 휘우뚱해집니다.

"휴, 하마터면 넘어질 뻔했네요."

"허허허. 자네, 힘이 참 좋네그려."

할아버지가 너털웃음을 웃었습니다.

할아버지가 간 곳은 마을 끝에 있는 외딴집이었습니다. 돌담과 나무들로 둘러싸인 외딴집은 밖에선 안이 안 보였지만, 안에선 밖이 잘 보이는 집이었습니다.

수경이 안으로 들어가더니 어리둥절한 얼굴로 말했습니다.

---

28) 불땀: 땔나무를 땔 때, 불기운의 세고 약한 정도.

"할아버지, 빈집 같은데요?"

"쉿! 조용히 하게. 아기가 깰지
모르니."

"아기라고요? 아기가 어디 있
는데요?"

　수경이 눈을 크게 뜬 채 집안
곳곳을 두리번거립니다. 할아버
지의 헛기침에 방문이 빼꼼히 열
리더니 한 여인이 품에 아기를 안
고 나옵니다.

"할아버지, 오셨어요."

"그동안 잘 있었는가? 몸은 좀
어떤가?"

"많이 좋아졌어요. 또 땔감을
가져오셨군요."

"산모는 몸을 따뜻하게 해야 한
다네."

할아버지가 엉거주춤 서 있는

수경에게 다시 말했습니다.

"어서 군불 좀 지피게. 난 나무를 정리할 테니."

수경은 곧 부엌으로 들어가 불을 땠습니다. 타다닥! 불꽃을 튀기며 불이 활활 타오르자 굴뚝에서 흰 연기가 모락모락 피어오릅니다.

할아버지는 쌀독을 살피더니, 수경이 불을 때는 동안 쌀과 물고기, 전복을 챙겨왔습니다.

잠시 후 혜란과 같이 사는 할머니가 오시자, 할아버지는 아기 엄마에게 작별 인사를 하고 수경과 함께 외딴집을 나왔습니다.

마을 어귀에 들어설 때, 수경이 할아버지에게 물어봅니다.

"할아버지. 아기 엄마는 어떻게 여기에 온 건가요?"

"임신한 채 소록도에 왔다고 하네. 관리인들의 눈에 띌까 봐 숨어서 아기를 낳은 거야. 산모와 아기 모두 건강해서 참 다행이네. 자네도 좀 보살펴 주게."

"네, 할아버지."

그 후, 수경은 자주 외딴집에 가서 허드렛일도 하고 군불도 지펴 주었습니다. 물고기를 고들고들 말린 뒤 숯불에 노릇노릇 구워 갖다주기도 했습니다.

수경이 팬 장작을 정리하고 있는데, 아기 엄마가 다가왔습니다.

"저……. 바지가 해어졌어요. 제가 기워 드릴게요."

"아, 아니에요. 집에 가서 제가 기우면 돼요."

아기 엄마의 말에 수경이 쑥스러워서 뒷걸음질 칩니다.

"저도 도움을 드리고 싶어서요."

아기 엄마는 수경을 마루에 앉히고는 해진 바지를 기웠습니다. 한 올 한 올 정성스러운 손길이 느껴지자, 수경의 마음이 푸근해 졌습니다.

"노을아, 난 이제 슬프지 않아."

수경이 달맞이꽃같이 밝은 얼굴로 노을을 바라보았습니다.

"정말? 무슨 좋은 일이라도 있니?"

"외딴집에 아기 엄마랑 아기가 살고 있어. 할아버지가 돌봐 주라고 하셔서 자주 가. 오늘 아기 엄마가 내 해진 바지를 기워줬어. 그런데 참 이상하게도, 슬픈 마음이 서서히 사라져 버리는 거야."

"……."

"난 이제 누구든 사랑할 수 있을 것 같아."

"그래, 잘됐어. 나도 너처럼 모든 사람을 사랑할 거야."

수경과 노을은 서로를 보며 다짐했습니다.

이듬해 봄, 수월과 혜란은 조촐한 결혼식을 올렸습니다. 수경
이 들꽃으로 꽃반지와 꽃다발을 만들었고, 할아버지는 나무를 깎
아 원앙을 만들었습니다. 결혼식은 마을 사람들의 축복 속에서

치러졌습니다. 뭍의 사람들처럼 시끌벅적하지는 않았지만, 마음만은 그에 못지않았습니다.

수월과 혜란은 할아버지가 살던 집에서 신혼살림을 차리기로 했습니다. 할아버지는 수월과 혜란의 옷자락에 여울지던 사랑이 손끝에 맺힐 때부터 남몰래 집을 꾸미기 시작했습니다.

바닷가에서 예쁜 몽돌을 주어와 꽃밭을 만들고, 산에서 가져온 굽은 나뭇가지로 사립문 손잡이를 만들었습니다. 손잡이는 시간이 흘러도 썩지 않도록 여러 번 옻칠해 그늘에 말려서 만들었습니다.

"와! 할아버지, 언제 집을 이렇게 꾸미신 거예요?"

수월과 혜란이 돌담 너머 보이는 집의 풍경을 보더니 감탄했습니다.

"그건 비밀이네. 허허. 자, 어서 들어가 보세."

할아버지가 사립문을 열며 재촉했습니다. 안으로 들어간 수월

과 혜란은 집 구석구석이 아기자기하게 꾸며져 있는 것을 보고
한 번 더 놀랍니다. 마루에 앉아 할아버지가 꾸민 마당을 보는 혜
란의 얼굴에 행복한 물결이 일렁입니다.

방도 잘 정리되어 있었고, 꽃병에 꽃도 꽂혀 있었습니다. 부엌
에 놓인 검은 가마솥 두 개도 씻은 홍합 껍데기같이 반질반질했
습니다.

"마음에 드는가?"

"네, 할아버지. 정말 고맙습니다. 그리고, 우리 수경이 잘 부탁
드려요. 할아버지와 같이 살게 되어 걱정을 덜었어요."

수월의 얼굴에 고마운 마음이 가득 차 있습니다.

수월과 혜란은 할아버지가 꾸민 집에서 행복하게 살았습니다.
수월이 독살에 든 물고기를 잡아 오면 혜란은 굽거나 쪄서 맛있
게 요리했습니다. 날씨가 쌀쌀하면 칼칼한 매운탕도 끓였습니다.
빨랫줄에는 날마다 빨래가 널렸고 까치들도 찾아와 깟깟 지저귀
었습니다.

여름이 되니, 나뭇잎이 나날이 푸르러져 갔습니다. 공중을 나
는 잠자리도 한결 여유로워 보였습니다. 풀벌레가 울던 밤이었습

니다. 방문으로 쏟아져 들어오던 달빛에 방안이 환해져서 수월이
뒤척이자, 혜란이 살며시 수경의 손을 잡았습니다.

"저어기…… 있잖아요."

"왜 그러세요? 어디 아파요?"

수월이 놀라서 눈을 뜹니다. 얼마 전부터 혜란이 밥을 잘 먹지
못해 은근히 걱정하고 있던 터였습니다.

"그게 아니라, 제가 아무래도……. 아기를 가진 것 같아요."

"아기를 가졌다고요?"

혜란의 말에 수월이 몸을 벌떡 일으킵니다. 수월은 기쁜 얼굴
로 혜란을 부둥켜안습니다.

가을과 겨울이 가고 다시 봄이 와 꽃망울이 봉긋이 부풀 때, 혜
란은 관리인들의 눈을 피해 숲속에서 예쁜 아기를 낳았습니다.
혜란은 몽돌 같은 아기를 꼬옥 안아 보았습니다. 따뜻한 체온이
혜란의 가슴 속 깊은 곳으로 스며들었습니다. 아기의 까아만 눈
동자 속에는 혜란과 수월의 간절한 소망이 담겨 있습니다. 건강
하게 자라서 뭍사람들처럼 평범하게 살라는…….

11. 수경의 죽음

날이 희뿌옇게 밝아올 때, 할아버지가 허둥지둥 방으로 들어왔습니다. 잠결에 인기척을 느낀 수경이 설핏 눈을 떴습니다. 할아버지의 얼굴이 홍시처럼 발그레하게 붉어져 있습니다. 이불을 걷은 수경이 부스스 몸을 일으키며 묻습니다.

"할아버지. 무슨 일 있어요? 독살에 물고기가 많이 들었어요?"

"아닐세, 그거보다 더 좋은 일일세."

"그게 뭔데요?"

수경이 궁금해하며 할아버지에게 물었습니다.

"수월의 처가 아기를 낳았다네."

"아기라고요? 형수님이 아기를……. "

"그렇다네. 관리인들에게 들킬까 봐 산속에서 몰래 낳아 외딴 집으로 갔다네. 임신 중에도 관리인들에게 들키지 않으려고 숨어 있었는데, 아기를 낳고도 숨어 있어야 한다니……. 쯧쯧."

"한센인들은 아기도 마음대로 나을 수 없군요. 뭍사람들은 아기를 낳으면 다들 축하해 주는데……. 아기는 건강한가요?"

"그래, 울음소리가 씩씩한 게 장군감이더군."

"형이 드디어 아빠가 되었네요."

수경의 눈이 기쁨으로 반짝입니다.

이른 아침을 먹은 할아버지가 여느 때처럼 바다에 나갈 준비를 합니다. 갯지렁이가 담긴 자그마한 나무통과 대소쿠리를 찾아 펑

상에 올려두고 신발도 갈아 신습니다. 비옷도 챙깁니다. 어느새 할아버지의 모습이 어부로 바뀝니다.

"할아버지, 독살을 보러 가시게요? 아직 썰물이 되려면 더 기다려야 하는데요?"

"낚시를 가려고 하네."

"낚시를 간다고요? 파도가 높은 것 같은데 괜찮겠어요?"

"날씨를 보니 곧 파도는 잔잔해질 듯하네. 오늘은 꼭 큰 혹돔[29]이나 참돔을 잡아야 하는데……."

낚싯대를 손질하던 할아버지가 먼 하늘을 보며 웅얼거립니다.

"그걸 잡아서 무얼 하시게요? 말려 둔 고기가 많은데요?"

"산모에게 주려고 그러네."

"아, 형수님에게 주려고 그러시군요. 그럼 저도 같이 갈게요."

"허허. 그거 좋지. 자네는 나 보다 낚시를 잘하니."

"아휴, 할아버지도 참."

할아버지의 너스레에 수경이 몸 둘 바를 몰라 허둥댑니다. 낚싯대를 들고 할아버지를 따라 바다로 나가자 노을이 반기며 다가

---

29) 혹돔: 놀래깃과에 속한 바닷물고기.

옵니다.

"수경이도 낚시 가려고?"

"응, 오늘은 꼭 혹돔이나 참돔을 잡아야 해."

"왜? 독살에 물고기가 많이 들잖아."

"넌 아직 모르는 모양이구나."

"모른다니? 뭘 모른다는 거야?"

"오늘 새벽에 형수님이 아기를 낳았어. 그래서 혹돔이나 참돔을 잡아 형수님에게 드릴 거야."

"와, 정말? 너무너무 기쁜 일이구나. 꼭 혹돔이나 참돔을 잡아야겠네."

노을도 각오를 다졌습니다.

할아버지와 수경은 노을을 타고 섬이 병풍처럼 늘어서 있는 바다로 나갔습니다. 그곳엔 혹돔과 참돔이 많이 살고 있었습니다. 노을은 낚시하기 좋은 곳으로 갔습니다. 할아버지가 먼저 낚싯바늘에 갯지렁이를 꿰어 바다에 드리우자, 수경도 곧 따라서 했습니다. 두 사람의 그림자가 물결에 나란히 일렁입니다.

"꼭 혹돔이나 참돔을 잡아야 하는데……."

수경이 간절하게 말합니다.

바닷물의 흐름이 여러 번 바뀌고, 구름에 가렸던 해가 머리 위로 빠끔히 고개를 내밀 때였습니다. 할아버지의 낚싯대가 휘청하며 부르르 떨렸습니다.

"혹돔이다!"

할아버지는 낚싯대에 전해오는 느낌만으로도 혹돔임을 알았습니다. 수경의 낚싯대도 미세하게 흔들렸습니다. 참돔의 입질 같았습니다.

할아버지와 수경은 신경을 곤두세웠습니다. 이때다 싶어 낚싯대를 낚아채자 고기가 몸부림을 쳤습니다. 물결이 여러 차례 엉킬 무렵, 이윽고 혹돔과 참돔이 모습을 드러냈습니다.

"할아버지, 제가 참돔을 잡았어요."

"그렇구나. 붉은빛이 참 아름답구나."

"머리 부분에 큰 혹이 있는 걸 보니 혹돔이네요. 할아버지가 혹돔을 잡으셨네요."

"그렇구나. 정말 오랜만에 보는 혹돔일세. 수컷이야, 수컷."

할아버지와 수경은 마주 보며 흐뭇한 미소를 지었습니다. 그날 수월은 할아버지와 수경이 잡아 준 혹돔과 참돔을 가마솥에 푸욱

고아 혜란에게 주었습니다.

뽀얀 국물을 먹은 혜란은 아기에게 젖을 물렸습니다. 입을 오물거리며 젖을 배불리 먹은 아기는 곧 혜란의 품에서 새록새록 잠이 들었습니다.

"아버버. 아빠빠."

외딴집 아기가 수경을 부르며 아장아장 다가옵니다.

"아빠? 나에게 아빠라니……."

수경은 아기를 안으며 울컥거리는 마음을 달랬습니다.

그날 오후였습니다. 수경은 아기의 맨발이 자꾸 눈에 밟혀 신발을 사려고 집을 나섰습니다.

"노을아, 무카이집에 좀 데려다줄래?"

"거긴 왜?"

"아기 신발 사러 가려고."

"아기 신발? 내일이 장날인데 내일 가지. 바람도 많이 불고 날씨도 쌀쌀해지는데. 게다가 난 마을 주민이 부탁한 심부름도 해야 해."

"아기가 맨발이야. 발에 상처라도 나면……."

노을이 말려도 수경은 계속 고집을 부렸습니다. 노을은 하는 수 없이 수경을 무카이집으로 데려다주었습니다.

수경은 곧바로 시내로 가서 아기 신발을 산 뒤, 무카이집으로 와서 노을을 기다렸습니다. 그사이 바람은 더 세게 불어 파도가 높아졌고 날씨도 추워졌습니다.

노을은 심부름을 끝내고 수경을 데리러 가려고 했으나, 바람이 너무 불어서 엄두가 나지 않았습니다. 아무래도 나룻배가 파도에 뒤집힐 것 같았습니다. 노을은 어서 바람이 잠잠해지길 바랐습니다.

어둠이 내릴 때, 부둣가를 서성이던 한 아이가 무카이집으로 오고 있었습니다. 자세히 보니, 얼마 전에 본 연화의 동생이었습니다.

"위험해, 어서 집으로 가."

수경이 아이를 보고 소리쳤지만, 아이는 바람에 휘청이며 계속 무카이집으로 오다 그만 발을 헛디뎌 바다에 풍덩! 빠지고 말았습니다. 아이가 바다에 빠지자, 수경은 곧장 바다로 뛰어들었습니다. 찬 바닷물에 몸이 쩌릿쩌릿했지만, 온 힘 다해 헤엄쳐 가서 아이를 붙잡았습니다.

아이가 물 밖으로 나오자 울음을 터뜨렸습니다. 수경은 떨며 우는 아이를 달랬습니다.

"괜찮아, 울지 마. 곧 누나가 올 거야."

수경은 아이를 꼭 끌어안았습니다. 모닥불을 피우려 해도 성냥이 젖어 불을 피울 수가 없었습니다. 수경은 따뜻한 모닥불이 너무나 간절해 두 손을 비비고 또 비볐습니다.

밤이 깊어질수록 추위는 더 심해졌습니다. 수경은 아이를 하염없이 부둥켜안았습니다. 수경의 따스한 체온이 건너가, 아이의 떨림이 조금은 잦아드는 듯했습니다. 아이는 나지막이 누나를 부르며 잠 속으로 빠져들었습니다.

수경은 어머니를 떠올렸습니다. 어머니는 수경이 소록도로 떠나올 때 그 모습 그대로였습니다. 어머니의 손짓에 수경은 성큼성큼 어머니 곁으로 다가갔습니다. 수경은 이제 더는 한센인이 아니었습니다. 손과 얼굴에 헝겊과 두건도 감지 않았습니다. 어머니의 품에 안긴 수경은 편안한 얼굴로 눈을 감았습니다. 식어가는 수경의 몸속에는 모든 사람을 사랑하겠다는 다짐만이 홀로 반짝이고 있을 뿐이었습니다.

12. 눈물의 노래

할아버지는 수경이 돌아오지 않자 불안한 마음에 뜬눈으로 밤을 지새웠습니다.

다음 날 아침, 바다는 잔잔해졌습니다. 할아버지는 수월과 함께 노을을 타고 서둘러 무카이집으로 향했습니다. 모두 걱정 어린 얼굴이었습니다.

수월은 노을에서 내리자마자 곧바로 무카이집으로 뛰어갔습니다. 작은 창으로 시린 햇살이 쏟아져 들어오는 무카이집에서 수경은 아이를 꼭 안은 채 눈을 감고 있었습니다.

"이보게, 괜찮은가?"

수경이 대답하지 않자, 할아버지가 어깨를 툭! 쳤습니다. 그러자 수경의 몸이 갸웃이 옆으로 기울었습니다. 인기척을 느낀 아이가 슬며시 눈을 뜨더니 울음을 터뜨렸습니다.

수월이 떨리는 손으로 수경의 품에 안긴 아이를 떼어내며 흐느낍니다. 할아버지의 눈에도 눈물이 하염없이 쏟아집니다.

노을은 슬피 울며 자책합니다.

"저 때문이에요. 파도가 높아도 수경을 데리러 갔어야 했는데……. 흑흑!"

"노을아, 그건 아니다. 왜 너 때문이냐."

할아버지가 힘들어하는 노을을 달래 주었습니다.

"할아버지 말씀이 맞아. 넌 아무 잘못이 없어."

"그래도, 그래도……."

"노을아, 수경이의 얼굴을 봐라. 마치 먼 여행을 떠나는 듯한 표정을 하고 있잖니."

"정말, 그럴까요? 할아버지?"

수월에 이어 할아버지도 달래니, 노을이 잠잠해집니다.

"그래, 수경은 큰일을 해서 편안한 거야. 아이를 살려냈잖니?"

"언젠가 수경이 나에게 말했어요. 이 세상 모든 사람을 사랑하는 사람이 될 거라고요."

노을은 수경이의 말을 떠올리며 흐느꼈습니다.

수경의 죽음에 마을 사람들은 크게 감동했습니다. 노을은 수경이 천국에서 행복하길 바라며 달과 별을 보며 기도했습니다. 노을의 기도에 달과 별도 제빛을 모아 수경이 갈 어두운 길을 환하게 밝혀 주었습니다.

장례를 치르는 동안 마당엔 사람들이 모여 수경의 이야기를 했습니다. 잘 웃고 잘 울던 수경이의 평소 모습은 희망이 되어 정든 소록도를 떠나고 있었습니다.

수경은 마을 뒷산 화장장에서 화장된 후, 할아버지가 만든 나무 상자에 하얀 재로 담겼습니다. 노을을 탄 수월은 나무상자를 한참 동안 안고 있습니다. 수월의 체온과 나무상자의 미지근한 온기가 서로에게 마지막 작별의 말을 건네고 있었습니다.

"수경아, 잘 가."

"형! 난 형이 있어서 행복했어. 새가 되어 다시 형을 찾아올게. 이 소록도에서 한 마리 새로 살아갈 거야."

수월이 나무 상자 속 하얀 재를 한 줌씩 바다에 내려놓자 바람
이 달려와 흩뿌렸습니다. 수월의 손가락 사이를 에돌다 빠져나가
는 수경의 몸은 한센병의 사슬을 끊고 꽃잎처럼 하얗게, 하얗게
흩어졌습니다.

"수경아, 수경아."

수월은 수경을 부르며 울고 또 울었습니다.

"크, 큰일 났네. 어서 아기를 숨겨야 하네."

할아버지의 말에 수월이 불안한 얼굴을 합니다.

"아기를 숨기다뇨? 혹시?"

"맞네, 관리인들이 오고 있네. 어서 자네 집으로 가게. 난 외딴 집에 가서 아기 엄마에게 이 사실을 알려야겠네."

석 달 전까지 혜란도 외딴집에서 몸조리하고 있었으나, 수월이 아기를 보고 싶어 해 살던 집에 돌아온 상태였습니다.

할아버지는 턱까지 차오른 거친 숨을 내뱉으며 외딴집을 향해 종종걸음을 쳤습니다. 할아버지와 헤어진 수월도 집을 향해 뛰기 시작했습니다.

소록도에 사는 한센인들은 결혼해도 아기를 낳을 수 없었습니다. 한센병의 전염을 막기 위해서였습니다. 또 어쩌다 아기를 낳아도 관리인들이 아기를 데려갔습니다.

"우리 아기, 절대 못 줘요!"

할아버지가 외딴집에 가까이 다가가자, 아기 엄마의 울음 섞인 고함이 돌담을 넘어왔습니다. 할아버지가 마당으로 뛰어들었습니다.

"제발 이러지 마시오. 아직 젖도 안 뗀 아기잖소."

"우리도 모르는 건 아니오. 하지만 아기가 한센병에 걸리는 것
보다는 낫지 않소. 어서 아기를 주시오."

관리인들은 할아버지와 아기 엄마를 설득하기 시작했습니다.

"그러면 사흘만 기다려 주시오. 아기 엄마가 마음의 준비라도
할 수 있게."

"사흘이라……. 알겠소. 그럼 사흘 후에 아기를 데리러 오겠소.
사흘이오, 사흘."

할아버지의 부탁에 관리인들은 사흘을 강조하며 집에서 나갔
습니다.

혜란은 수월의 말을 듣고 재빨리 집 뒤 소나무 숲으로 아기를
안고 도망갔습니다. 마침내 관리인들이 수월의 집에 들이닥쳐서
고함쳤습니다.

"아기는 어디 있나?"

"아기라니요? 여기 와서 왜 아기를 찾으시는지……."

"다 알고 왔다. 순순히 아기를 넘겨줘. 아기를 위해서도 그게
좋아."

관리인들은 수월에게 아기를 내놓으라고 윽박질렀습니다. 수
월이 모른 척 시치미를 떼고 있을 때, 어디선가 아기의 울음소리

가 들렸습니다.

관리인들이 집 뒤로 가려 하자 수월이 가로막았습니다.

"안 돼요. 아기는 우리가 키울 겁니다."

"비켜라, 정말 아기를 사랑한다면 키워선 안 돼. 아기에게 한센병을 물려주고 싶은 건 아니겠지?"

그사이 다른 관리인이 집 뒤 소나무 숲으로 달려갔습니다.

"안 돼요. 우리 아기, 우리 아기 돌려주세요."

아기를 뺏긴 혜란이 울부짖으며 달려오자, 화가 난 수월이 헛간에서 낫을 들고나왔습니다. 수월이 아기를 안은 관리인에게 한 발 한 발 다가가자, 날카로운 긴장감이 흐릅니다.

"그만두게. 다 아기의 장래를 위해 그러는 거 아닌가."

언제 왔는지, 할아버지가 수월의 손에 있는 낫을 빼앗습니다.

"이보게, 사흘만 기다려 주게. 저 외딴집에 온 관리인들도 그렇게 해 주었네. 이 사람들이 불쌍하지 않은가? 내가 빌겠네. 사흘만, 딱 사흘만 기다려 주게."

할아버지가 관리인들 앞에 무릎을 꿇었습니다.

수월이 놀라서 할아버지를 일으킵니다.

"할아버지, 이러지 마세요. 할아버지가 왜……."

수월이 할아버지의 팔을 붙들고 흐느낍니다.
"좋소, 사흘 후에 오겠소."
관리인이 인심 쓰듯 아기를 혜란에게 돌려줍니다.

사흘의 시간은 수월과 혜란에겐 물론 외딴집 아기 엄마에게도
너무나 소중했습니다. 수월은 혜란과 아기에게 추억을 남겨주고
싶어서 노을이 있는 곳으로 갔습니다. 할아버지와 사진사가 그곳
에 미리 와 있었습니다.

"자, 노을에 걸터앉게. 그래야 사진이 잘 나올 듯하네."

"할아버지도 같이 찍어요."

"아, 아닐세. 난 가족도 아닌데?"

"할아버지도 우리 가족이에요."

"그……. 그런가."

수월이 할아버지의 손을 끌어 한가운데 앉힙니다. 찰칵! 소리에 할아버지와 수월, 혜란과 아기가 사진 속에 고스란히 담깁니다. 사진을 찍고 나서 할아버지는 사진사와 함께 외딴집으로 갔습니다. 그리고 그곳에서도 아기 엄마와 아기의 사진을 찍었습니다.

혜란은 매일 아기의 눈에 자신을 담으려고 눈 맞춤을 했습니다. 아무것도 모르는 아기는 방실방실 웃기만 했습니다. 그러다가 배가 고프면 단 젖을 먹고 새록새록 잠이 들었습니다.

사흘 후, 약속대로 관리인들이 찾아와 아기를 데리고 갔습니다. 혜란과 아기 엄마는 울면서 수탄장까지 따라갔습니다. 관리인들이 사라져도 울음은 그칠 줄 몰랐습니다.

13. 노을 속의 여행

희미한 별빛만 빛나는 그믐밤에 혜란이 노을을 찾아와 조그맣게 불렀습니다.

"노을아."

노을은 선잠에서 깨어 소리가 들려오는 쪽을 바라보았습니다.

"노을아, 날 아기가 있는 보육원에 좀 데려다줘."

"십 일만 있으면 수탄장이 열리는데 좀 참아. 가도 아기를 만날 수 없어."

"아기가 너무너무 보고 싶어서 그래. 어떡하든 볼 거야. 제발, 제발."

노을은 마지못해 혜란을 태우고 섬을 반쯤 돌아서 직원 지대에 있는 보육원으로 갔습니다. 그러나 문과 창문이 굳게 닫혀 있어 가까이 갈 엄두조차 내지 못했습니다. 혜란은 혹 아기가 밖으로 나오지 않을까 하고 마냥 기다렸습니다. 하지만 끝내 아기를 보지 못하고 다시 돌아와야 했습니다.

　혜란은 수탄장이 열리는 날을 손꼽아 기다렸습니다. 그러나 그날도 자꾸만 미루어졌습니다. 바람이 병사 지대에서 직원 지대로 불어서, 부모들의 한센병이 아이들에게 옮을 수 있다는 것이 그 이유였습니다. 혜란은 가슴이 타들어 가는 것 같았습니다.

　이윽고 바람이 멎자 기다리던 수탄장이 열렸습니다. 그러나 아이들과 부모 사이에는 철조망이 가로놓여 있습니다.

　부모들이 철조망 너머의 아이들에게 안부를 물었습니다.

　"어디 아픈 곳은 없느냐? 밥은 잘 먹고?"

　"네, 어머니."

　곳곳에서 울음소리가 들리고 애타는 부름이 이어졌습니다. 그 틈에 혜란도 있었습니다.

　직원이 아기를 혜란에게 보여주었습니다. 아기가 혜란을 알아보고 팔을 쭉 뻗었습니다. 혜란도 아기를 향해 팔을 뻗었습니다.

그러나 서로 손을 맞잡을 수는 없었습니다. 한 뼘만, 한 뼘만 더 뻗으면 닿을 그 거리는 애틋함만 있는 거리였습니다.

"여보, 여보. 서이에게 편지가 왔어요."

수월이 부르는 소리에 부엌에서 밥을 짓고 있던 혜란이 앞치마 를 펄럭이며 마당으로 나옵니다.

"어서 이리 줘 봐요."

수탄장에서 혜란을 보고 팔을 뻗던 아기는 어느새 어엿한 대학생이 되어 뭍에서 지내고 있었습니다. 편지를 손에 든 혜란의 얼굴에 환한 미소가 걸립니다.

"여보, 무슨 내용이요? 대학 생활은 재미있대요?"

"네, 그런가 봐요. 공부도 그리 어렵지 않다고 하네요. 당신이 호미를 손목에 걸고 밭을 일군 보람이 있네요."

혜란이 조바심 내는 수월에게 자세히 설명합니다.

"강이가 서이와 함께 있어서 정말 다행이오."

외딴집 아기 강이도 어느새 대학생이 되어 서이와 함께 지내고 있었습니다.

"그러게요. 둘이 형제처럼 지내니 안심이 돼요. 참, 강이 편지는 안 왔어요?"

"아차! 내 정신 좀 보게. 어서 강이 편지를 전해줘야겠어요. 가는 길에 말린 생선도 좀 갖다주고요."

수월은 강이의 편지와 말린 생선을 들고 서둘러 외딴집으로 갔습니다.

"강이 어머니. 강이에게 편지가 왔어요. 어서 나와 보세요."

수월이 마당에 들어서자 방문이 벌컥 열립니다.

"강이에게 편지가 왔다고요?"

강이 어머니는 수월이 건네준 편지를 급하게 펼쳤습니다. 읽는 내내 얼굴에서 미소가 떠나지 않습니다.

"서이 아버지가 계셔서 저도 강이도 너무 든든해요."

"아닙니다. 제가 무얼 해 드렸다고……. 강이 덕에 우리 서이도 잘 지내는걸요."

"아이고, 그건 제가 할 소리입니다."

둘은 아이들을 생각하며 유쾌하게 웃었습니다.

"이제 가 보겠습니다."

수월은 강이 어머니에게 인사하고 곧바로 할아버지 댁으로 갔습니다. 할아버지가 이제는 많이 늙어 수월은 자주 찾아뵀습니다.

"잘 지내셨어요?"

하얗게 센 눈썹이 할아버지의 눈길 따라 꿈틀거립니다.

"방금 성당에 다녀왔네. 마리안느와 마가렛[30] 수녀님을 만났지."

---

30) 마리안느와 마가렛: 오스트리아 출신 간호사이며, 천주교 그리스도 왕 시녀회 소속의 수녀들로 1962년과 1959년에 각각 한국에 들어와 40여 년 동안 소록도에서 한센인을 위해 의료 봉사를 했다.

"아, 그러셨어요?"

"교황님이 우리나라에 오실 거라는데, 이번 기회에 소록도로 초청하면 어떨까 하네."

"교황님을요?"

수월은 사뭇 놀라는 표정을 지었습니다.

"만일 일이 성사된다면, 소록도가 세상에 널리 알려지게 될 것 일세."

"좋은 생각이긴 합니다만, 어떻게 교황님을 소록도로 초청하 죠?"

"편지를 보내는 걸세."

"우리 편지를 교황님이 읽으실까요?"

"그럼. 꼭 읽으실 거야. 우리의 마음이 이렇게 간절하니……. 관리인들이 알면 안 되니 몰래 일을 진행해야 하네."

"예, 할아버지. 아내와 의논해 볼게요."

그날 밤, 수월은 혜란에게 할아버지의 말을 전했습니다. 이야 기를 들은 혜란은 좋은 생각이라며 앞장서겠다고 했습니다.

혜란의 이야기를 듣자 한센인들은 가당치 않은 일이라며 시큰

둔한 표정을 지었습니다. 그러나 혜란은 포기하지 않고 계속 설득하며 편지 쓰는 일에 앞장섰습니다.

　결국 다른 한센인들도 편지 쓰기에 동참했습니다. 그들은 마치 어두운 밤바다를 떠돌던 배가 등대 불빛을 본 듯한 마음으로 편지를 썼습니다. 손이 불편해서 글씨가 삐뚤빼뚤했지만, 구구절절 간절한 소망을 담았습니다.

수월과 노을은 한센인들이 정성껏 쓴 편지를 관리인들 몰래 우체부에게 전했습니다. 그렇게 끊임없이 편지를 쓰고 보내던 어느 날, 기적 같은 일이 일어났습니다.

교황님이 소록도를 방문한다는 소식이 뉴스를 통해 흘러나온 것입니다. 이로써 소록도는 한순간에 세계가 주목하는 곳이 되었습니다. 교황님이 온다는 소식에 소록도 사람들은 기쁨의 눈물을 흘렸습니다.

"노을아, 너도 이제 많이 늙었구나. 나도 너무 늙었고."

"그러게요, 할아버지. 소록도에 온 지도 어느새 이십 년이 넘어가네요."

노을은 지난날을 떠올려 봅니다. 바다에는 저녁노을이 가득 내려앉아 있습니다.

"할아버지, 저 노을 좀 보세요. 정말 아름답죠?"

"그렇구나. 우리 저 노을 속으로 한번 가 볼까?"

"네, 좋아요. 할아버지."

노을이 할아버지를 태우고 바다로 나갔습니다. 할아버지와 노을은 저녁노을에 붉게 물들었습니다.

"할아버지. 아까 낮에 시인이 절 찾아왔어요."

"시인이라니? 아, 그 소년이 시인이 되었구나."

"네, 소년이 제게 시를 주었어요. 한번 읊어 볼게요."

"그래, 어디 들어보자."

소록도

한센인들이 밤마다

소록소록 앓은 병을

별이 안아

몽돌로 만들면

파도가 토닥이며

자장가를 부르네.

할아버지는 노을이 읊는 시를 들으며 아내와 아들을 생각했습니다.

"노을아, 저 붉은 노을 속으로도 가 보자꾸나. 저기 가면, 저기 가면……. 아내와 아들을 만날 수 있을 것 같구나."

"수경이도 있겠죠?"

"당연하지."

할아버지와 노을은 먼바다로 나갔습니다. 할아버지에겐 아내와 아들이, 노을에겐 수경이 다가왔습니다.

"할아버지, 이제 소록도를 더 아름답게 가꾸어 봐요."

"그래, 그러자꾸나. 이 소록도를 아름답게 가꾸어서 모든 사람들에게 사랑받는 곳이 되게 하자꾸나."

"네, 좋아요. 할아버지."

할아버지와 노을의 가슴이 새로운 희망으로 두근거립니다.